지혜로의 향연

김학렬 지음

지혜로운 말을 하는 사람보다
지혜로운 말을 들어주는 사람이
더 지혜로운 사람이다.
그래서
지혜로운 사람은 어리석게 보인다.

기원전

지혜로의 향연

1판 1쇄 발행일 : 2021년 6월 20일

지은이 : 김학렬
펴낸이 : 정태경
펴낸곳 : 기원전출판사
출판등록 : 제22-495호
주소 : 서울시 송파구 토성로38-6, 상가304호
전화 : 488-0468
팩스 : 470-3759

ISBN : 978-89-86408-72-0   03820

블로그 https://hak21ti.tistory.com/m

유태인이 위대한 인물을 많이 배출할 수 있는 데에는 훌륭한 교육이 있었기 때문이며 그 교육의 근간에는 탈무드라는 책이 있기 때문입니다.

반만년을 이어온 우리 민족은 이인(異人)이 많으나 안타깝게도 숨은 이인(異人)들이었습니다.

이에 우리도 후세를 위해 탈무드에 비견할 책을 만들고자

지혜로의 초대라는 책을 출간하였는데, 이 책은 '지혜로의 초대'에 대한 이론적인 근거를 학문적으로 전개한 것입니다.

따라서 이 책은 일반인을 위한 '지혜로의 초대'와 마찬가지로 누구나 참여해 개정할 수 있으며 개정하고픈 내용은 본인의 홈페이지(https://hak21ti.tistory.com/m)의 개정난에 올리면 편집하겠습니다. 이렇게 편집 후 적당한 시기에 계속해서 개정판(책)을 낼 예정입니다.

시작은 미미했으나 나중은 창대하도다.

인간이 시작하고 신이 완성한다.

목　차

서 문

과거의 모든 성현(聖賢)들이 하나같이 세상을 사는 데 있어서 가장 중요한 것이 '착한 일을 하면 복을 받는다.'는 것이었다. 그런데 수많은 사람들 특히 현대를 살아가는 사람들은 이 말은 단지 책 속의 이야기로만 생각한다. 정말로 착하게 살면 복을 받을까? 이 명제가 단순한 도덕적 관점의 명제일까 아니면 세계를 이루는 기본원리와 같은 명제일까?

결론부터 이야기하자면 세상을 지배하는 기본원리와 위의 성현의 말씀은 결국 같은 개념이라는 것이다. 즉 위의 기본원리나 물리학의 자연원리나 경제의 재(財)TECH에 관한 이론도 전부 동일한 원리로부터 나온다는 것이다.

그것은 평등과 효율의 개념인 것이다. 이 평등과 효율이 이 책의 가장 중요한 논제이다. 즉 세상은 공짜가 없으며 따라서 착한 일을 하면 복을 받고 나쁜 일을 하면 벌을 받는다는 것이 자연의 이법(理法), 자연과학의 원리, 돈 버는 비결과도 일치한다는 것이다. 그런데 사람들이 이것을 믿지 못하는 이유는 이러한 평등이 단시간 내 이루어지지 않는다는 것 때문이다.

간단한 예를 들어보자. 어떤 사람이 재테크(부동산)를 하기 위해 처음에 작은 집을 산 후 계속 돈을 모아 조금씩 큰 집으로 이사를 갔다. 수년이 지난 후 얼마간의 큰 집을 장만하였다. 반면에 같은 동네에 살고 있던 다른 사람은 우직하게(착하게?) 그 동네에서 계속 살았다. 세월이 지나 큰 집을 장만한 사람이 우연히 과거 자기가 처음 살던 동네를 찾아갔는데 그곳이 재개발을 하여 집값이 (현재 그가 소유한 큰 집의 가격보다) 크게 올라서 그대로 머물러 있던 사람이 더 큰 돈을 벌었다는 것이다. 과연 평형에 도달할 때까지 기다린다는 것이 얼마나 경제적인 재테크 행위인가 새삼 느낄 수 있다.

우리가 사는 세대가 변천되면서 느끼는 것의 하나는 자연의 기본법칙 즉 우리가 바로 살아가야 하는 기본적인 길이 존재하며 그것이 과연 영원한 개념으로 존재하느냐 하는 것이다. 우리가 흔히 생각하는 상식이라는 개념이 다음 세대에도 역시 상식으로써 통하는가? 하는 의문이 제기될 때가 많다.

그래서 무엇이 자연과 인간사회 질서에 있어서 본질적인 원칙이며 과연 기본적으로 존재하는 불변의 법칙이 무엇일까에 대하여 추구하고 그것이 과연 인간의 기본적인 도리로써 가장 기본적인 상식 수준에서 행하여지면서 모순이 없는 그런 도덕적 기준이 무엇인가에 대해 논하고 싶다.

자연계에서 과연 일반적 법칙(UNIVERSAL LAW)이 존재할 것인가 하는 물음에 대해서 항상 인간은 일단 존재한다고 가정하고 그 일반적 법칙을 찾는 데 모든 노력을 경주해왔다. 그럼 과연 이 일반적 법칙이 존재할 것인가?

우선 인과응보(因果應報)라는 것은 과연 일반적 법칙일까? 현실상을 보았을 때 안 그런 것 같다. 예를 들어 못된 짓을 하여도 평생을 호화스럽게 잘사는 사람이 의외로 많다. 그런 경우의 예는 얼마든지 들 수 있다. 그래서 사마천은 그의 저서 사기(史記)에서 이러한 경우의 예를 들며 "과연 하늘은 존재하는 것일까?" 하고 통탄을 하였다고 한다. 그러면 인과응보의 법칙은 무의미한 것일까?

그래서 인간은 인과응보라는 법칙을 일반적 법칙으로 성립시키기 위하여 천당과 지옥이라는 사후(死後)세계를 생각해냈을 것이다. 그러나 그것은 너무 추상적이다. 즉, 현실감이 없고 또 실제로 입증할 만한 자료가 없다. 그러면 인과응보를 일반적 법칙이 아니라고 하면 그보다 더 기본적인 법칙이 무엇일까? 나는 그것을 '적자생존'의 법칙이라고 생각한다.

인간의 집단에서 인과응보의 법칙이 없다고 가정하자.

그러면 힘세고 악한 사람들이 나쁜 짓을 할 것이다. 그러면 약한 사람들은 자체가 서로 협동하여 이러한 짓을 못하게 방지하기 위하여 일정한 규칙을 집단적으로 정하여 서로가 생존할 수 있는 자율행위로써 법률을 만들 것이다.

즉, 이렇게 만든 법률에 살아남은 사람만이 그 집단에서 영위할 수 있게 되는 것이다. 여기서 만든 법률은 '인과응보'를 기본으로 만들게 된다. 따라서 '적자생존'을 유지시키기 위하여 '인과응보'라는 법칙을 만든 것이므로 적자생존은 인과응보에 우선한다고 볼 수 있다.

모난 돌은 스스로 외부 풍상을 겪으면서 모난 부분이 깎이게 되어 둥글둥글해지게 된다. 만약 그렇지 않으면 부서져 버리게 된다. 이것이 바로 적자생존인 것이다. 즉 굽혀지지 않으면 꺾어져 버리는 것이 자연의 이법인 것이다.

물리학적 법칙도 인과응보 즉 인과율보다 이전에 존재하는 법칙이 있을 것인가? 인과율에 우선하는지는 잘 모르겠으나 자연현상을 기술하고 예측하는 것으로 확률 및 통계에 관한 법칙이 있다. 단일시행 시 나타나는 물리법칙은 불확실성을 가지고 있으나 이것이 수십 차례 시행 시에는 확률이라는 인과성이 내재되어 있는 법칙을 가지고 예측할 수 있게 된다.

우리가 중학교 때 배운 자연과학책의 처음에는 보통 우주창조론에 대한 그리스학자들의 이야기가 많이 나온다. 모든 물질의 본질은 불, 물, 공기 또는 더 나가 원자라는 등의 여러 가지 이론이 나와 있다. 그 중에서 제일 이해 못했던 것의 하나가 바로 피타고라스의 이론이다. 즉 만물의 본질은 수라는 것이다. 보통 물질의 본질을 찾다 보면 가시적이고 실존적인 물질을 내세우는데 피타고라스는 추상적인 '수(數)'라는 개념을 도입하여 만물의 본질이라고 했다. 참으로 이해가 되지 않는다. 그러나 점점 살아가면서 수에 대해 신비한 것을 느낀다. 특히 확률적인 면에서 더욱 그러하다.

인생이라는 것이 운명적이냐 의지적이냐 아니면 우연적인 것이냐는 것은 정말로 미스터리한 문제이지만 확률론적으로 여러 가지를 해석할 수 있다.

인간의 역사라는 것은 우주의 생성 발전에 대한 시간으로 볼 때는 무척 짧은 것이다. 이러한 시간적인 관념에서 볼 때 인간 (또는 다른 동물이 될 수도 있지만)의 유전 정보에 의한 코드 배열이 확률적으로 볼 때 충분히 돌연변이가 발생될 수 있으며 그러한 돌연변이의 우수 족속이 적자생존을 거듭하여 이러한 문명사회를 이룰 수 있게 된 것이라고 하여도 논리적 모순이 없는 것이다. 즉 역사 발전은 효율적인 방향으로 진행되어진다는 것이다.

모든 무작위한 사회현상이 GAUSS의 정규 분포도로 표시 가능하다는 것은 통계의 위대한 개가인 것이다. 아인슈타인은 '신은 결코 주사위 노름을 하지 않는다.'라고 말하였지만 양자통계역학으로 자연의 여러 현상을 설명할 수 있다는 것을 볼 때 결코 우연의 일치라고만은 할 수 없다.

아인슈타인 같은 머리 좋은 사람도 신(神)이 군중을 향해 던진 돌멩이에 우연히 맞을 수 있는 한 사람의 확률이라고 보면 인간문화의 발전도 타당한 확률적 경우의 수로 발전되어 온 것일 것이다.

수리론적 우주관의 대표적인 것으로 주역(周易)사상이 있다. 이 사상은 자연 발생론적 사고를 하면서 논리 정연하게 이치를 해석해 나가고 있다. 주역은 건에서 시작해서 미제로 끝난다. 이 미제로 끝난다는 것이 참으로 묘한 이치를 내포한다. 미제는 아직 끝나지 않은 미완성이라는 개념인데 이것이 주역의 마지막 장인 것이다. 즉 마지막 종극은 아직 완성되지 않은 다음의 장을 기약하는 것이다. 정연된 개념이 아닌 미정연된 혼돈된 미완성이 바로 완성을 기약하는 것이라는 것이다. '태초에 혼돈이 있었다.' 그리하여 우주가 창조되었다는 것은 확률 통계론적 우주론의 강력한 지지자가 되는 것이다.

그러나 이런 확률 통계론도 원천적으로 한 가지 제약이 있다. 즉 후천적이라는 것이다. 실측된 현실적인 DATA가 적어도 2개 이상 있어야 된다는 것이다. 이런 후천적 학문이 선천적인 운명론을 지배한다는 것은 참으로 묘한 일이다. 여러분들이 지금 당장 아무 변수나 잡아서 통계를 내어 보아라. 시료 수를 많이 할수록 가우스의 정규 분포에 들어간다는 것은 우연 자체가 필연이라는 묘한 결론을 유도하게 될 것이다.

이것이 바로 어쩔 수 없는 운명에 예속된 신이 만든 법칙에 신 자신도 모르는(?) 묘한 창조적 신비일지도 모른다. 이런 모르는 (신도 모르는?) 운명에 대해 고민할 필요는 전혀 없는 것이다. 단지 주어진 생을 착실히 산다는 것 그것이 중요하다.

'위대한 무질서여 그대는 바로 질서를 창조하는 어머니이니'
인간은 신과 가까워지기 위해 통계를 만들었다.

사람들은 나무를 이용해 멋진 조각상을 만들지만 실은 나무가
자신이 멋진 조각품이 되기 위해 인간을 이용한 것이 된다고 볼
수 있다. 사과나무는 인간과 동물에게 맛있는 과육을 제공하는
좋은 나무라 생각하지만 실은 인간과 동물을 이용해(과일로 유
혹해) 씨앗을 배설물 등으로 자기 종족을 멀리 퍼뜨리는 것이다.
꽃의 향기와 꿀은 벌을 위한 것도 되지만 식물들의 종족번식에
중요한 수단이 되는 것이다. 이렇듯 존재하는 모든 것들은 본질
적으로 이기심(利己心)을 가지고 있다. 그것은 이렇게 해야만 계
속 존재할 수 있기 때문이다.

존재하는 모든 것들은 가장 효율적인 경제행위를 원하고 그렇
게 한 것만이 살아남기 때문이다. 움직이는 물체조차도 직선운
동을 한다는 것은 역시 최상의 경제행위를 한다는 것이다.

존재하는 모든 삼라만상은 생물이든 무생물이든 하나의 생명
체이다. 그들이 계속 존재하기 위해선 이기적일 수밖에 없다. 진
리라는 것도 이기심에 대한 이야기이다. 많은 말 중에 끝까지
살아남은 것들이다. 그래서 살아남아 사람 입에 오르내릴 수 있
게 된 것이다. 공자님 말씀 부처님 말씀 예수님 말씀도 **결과적**
으론 모두가 잘 되라고 행복하라고 하신 말씀이다. 즉 이기적인

12

이야기이다. 왜냐하면 성현들의 말씀을 잘 따르면 결국에는(장기적으로 보면) 본인에게 이익이 되기 때문이다.

사람도 본질적으로 이기심의 동물이다. 그래야 자기 보존을 할 수 있기 때문이다.

이러한 이기심에 대한 예(링컨)를 하나 들어보자. 링컨이 하루는 마차를 타고 어느 곳을 가는 중 마부와 사람의 본성에 대해 토론한 적이 있었다. 그 마부는 사람의 본성은 이타적(利他的-남을 도우려는 마음)이라고 이야기하고 링컨은 이기적(利己的)이라고 했다. 그러다 마침 도랑에 빠진 동물을 발견하고 링컨이 마차에 내려서 동물을 구해 주었다. 그것을 본 마부는 자기 말이 맞는다고 사람은 이타적이라고 했다.

이에 링컨은 "그렇지 않다. 만약 동물을 구해주지 않았으면 나는 계속 마음이 상해 있을 것이고 결국 오늘 밤에 제대로 잠을 못 이룰 것이니 동물을 구해준 것은 결국 나를 위한 것이다."라 하였다.

이러한 이기심의 본질은 평등의 개념이며 효율의 개념인 것이다.

즉 자연원리의 기본은 평등에 있고 그 실행은 효율에 있다. 이러한 평등과 효율을 자연의 이법으로 서양적 합리주의 동양적 사색주의에 대한 고찰을 하며 결국에는 인간이 살아가는 데 있어서 가장 중요한 도덕에 대하여 이야기할 것이다.

(이 책은 본인의 저서 '지혜로의 초대'라는 책에 대해 보다 전문적인 입장에서 지어진 책입니다. 그래서 일부분이 '지혜로의 초대'와 같은 주제의 내용이 나올 수 있으니 이 점 양해 바랍니다.)

제1장

자연의 기본원리

세상에 공짜는 없다.
이것이 자연의 이법이다.

1. 기본 원리에 대하여

세상에 공짜는 없다.

즉 세상에 존재하는 자연의 이법(理法)은 평등이다.

평등이란 동적(動的) 평형을 말한다. 정적(靜的) 평형은 아무 변화가 일어나지 않는 고요함을 말하며 동적 평형이란 +(또는 -)로 되었다가 -(또는 +)가 되어 평균적으로 평형상태가 되어 원점으로 되돌아가는 것을 말한다.

정의11-1.사건: 정적 평형상태가 어떤 행위, 관념, 관계
등에 의하여 동적 평형상태로 바뀌는 것.

아무런 사건도 발생되지 않는 경우는 고요함[정靜 태극太極]의 상태이다. 여기서 변화가 생겼을 때 즉 움직임[동動]이 발생해 비평형상태가 되었을 때 두 가지의 개념이 쌍(雙 pair)으로 생긴다. 일단 이 두 개념을 P와 N이라 명명하자.

예)두 사람 A와 B사이에 아무 사건도 발생하지 않는 경우는
(정적)평형상태이다. 그런데 B가 돈이 필요해 A에게 돈을
빌려달라고 했을 시는 *차용*이라는 사건이 발생되어 비평형
이 되며 빌려준 자와 빌린 자가 동시에 발생하게 된다.

여기서 A와 B는 친구나 친척, 거래은행 등과 같은 어떤 관계가 되어야 한다. 아무 관계가 없는 상태에서 차용이라는 사건을 유발시킬 수는 없다. 이것을 연결 상태라 한다.

정의11-2.연결이란 사건을 유발시킬 수 있는 관계이다.

정의11-3.P: 양(陽)적인 성질을 가지고 있는 물체 또는 개
                     념. 강건함, 적극적 등
            N: 음(陰)적인 성질을 가지고 있는 물체 또는 개
                     념. 부드러움, 소극적 등
정의11-4.쌍대(雙對)적 관계: 평형상태가 사건에 의해 비
        평형상태로 되었다가 시간이 경과 후 다시 평형상태로
        돌아갈 수 있는 대립적 관계(P와 N의 관계).
참조)(수학에서 한 점에서의)연속이란 그 점의 한쪽에서의
        접근점과 다른 쪽에서 (그 점으로의)접근점이 일치하는
        경우를 말한다. 반면에 연결이란 두 상대 집단이 서로 영
        향을 미칠 수 있는(사건을 유발할 수 있는) 시간적 공간
        적 근접도를 말한다. 불교에서는 인연으로 표현한다.
예)사람을 유괴할 경우 범죄자로부터 전화 등의 연락 매
        체를 통해 범인은 범죄의 구성을 할 수 있다. 여기서 전
        화 등의 연결매체가 연결이다. 만약 어떤 연락매체도 형
        성이 되어 있지 않다면 유괴라는 범죄(사건)가 이루어져
        도 소기 목적 달성이 힘들 것이다.
예)두 사람이 싸울 때 한쪽에서 상대방을 가격할 수 있는
        거리가 연결공간이다. 아무리 휘둘러도 연결공간보다 떨
        어져 있으면 싸움이란 사건을 발생시키지 못한다.
차용의 예에서 만약에 다시 B에 의하여 반대사건[돈 갚음]이
발생되면 먼저 발생한 사건은 소멸되어 다시 평형상태[태극太

極]로 되돌아가게 된다.

P와 N의 개념은 닫힌계(밑에 정의가 나옴)에 있어서의 길항(拮抗)적 성질을 가지고 있는 것으로 결국은 합쳐서 평형[태극太極]으로 가려는 성질이 있는 것이다. 즉 돈의 차용의 예에 있어서 빌려줌[P]과 빌림[N]으로 결국에는 채무해결의 원점[채무상태가 없는 원점 - 태극]으로 가는 것이다.

이러한 사건들은 항상 **이중쌍대**의 개념으로 발생된다. 차용에서 A의 경우 처음 사건에서 [나의 돈 빌려줌]*[너의 돈 빌림]이 발생되고 B가 갚음으로 [나의 돈 받음]°[너의 돈 돌려줌]이 발생된다(*차용의 행위, °변제의 행위).

정리11-1.사건은 항상 이중쌍대형식으로 발생된다.

쌍대 개념			
나	행복	모든	차용
너	불행	어떤	변제

이중쌍대형식: <u>너의 불행은 나의 행복</u>

정리11-2.P는 N에 대하여 이기는[극克] 존재이다.

이 정리는 위의 돈 빌리는 예를 보면 알 수 있다.

위의 여러 가지를 통일하고 정돈된 하나의 이론으로 재구성하여 보자. 여러 진리 가운데 가장 자연의 기본이법이 되는 것은 **평등**이다. 이것은 **세상엔 공짜가 없다**는 것이다. 세상 삼라만상에게 일어나는 모든 것(행위-유위有爲)은 평등을 기본으로 이루어진다.

돈을 빌리면 돈을 갚는 행위가 이루어져야 하며 죄를 지으면 벌을 받게 되는 것이다. 그런데 이러한 모든 행위들은 반드시 시차(時差)를 발생시킨다. 돈을 빌리자마자 바로 갚아 버리면 '차용'이라는 행위가 이루어지지 않는다. 즉 돈을 빌리고 일정한 시간이 지난 후(시차)에 돈을 갚아야 '차용'이라는 행위가 발생되는 것이다. 만약 죄를 지었을 때 항상 죄를 짓자마자 벌을 받으면 거의 대부분 사람들이 죄를 짓지 않을 것이다. 그러면 어떠한 행위도 이루어지기 힘들 것이다. 즉 시차라는 것은 우리가 살아가는 행위를 포함한 자연의 현상계를 나타내는 것이라 하겠다.

그래서 지금부터 전개하려고 하는 일반적 법칙은 다음과 같은 간단한 예로부터 출발된다고 볼 수 있다. 즉 $1-1\neq0$ 이라는 가정이다. $1-1$ 이라는 개념은 $0+1-1$ 으로써 처음에 아무것도 없는(0) 빈 공간에 1이 하나 첨가되었다가(+1) 다시 없애버린 (-1) 것으로 본질적으로 없다는 개념인 0과는 같지 않다는 것이다.

+1(빌림)은 -1(갚음)로 '$+1-1=0$'이 되지만 시간의 관념에서 보았을 때 '+1-1'과 '0'은 완전히 다른 것이다 ($+1-1\neq0$). 여기서 '+1-1'은 시차 발생으로 유위(有爲)가 되는 것이고 '0'은 행위를 하지 않은 무위(無爲)가 되는 것이다.

즉 유위(有爲)로 이루어지는 인생은 +1과 -1의 반복적인 행위라 할 수 있다. 자연의 법칙을 단지 +1-1로 표현했지만 실제

자연 및 사회에서 일어나는 현상은 부분적(국소적) 불균형을 이루기 때문에 약간 다르게 표현된다. 예를 들면 3-2+5-1… 등과 같이 노력(-), 게으름(+), 보상(+)과 대가(-)가 반복하여 발생하게 되는 것이다. 이것은 1-1과 100-100을 같은 등가로 놓아서는 안 된다는 것이다. 인도에서 '0'을 발견한 이후 급속도로 발전된 수학이 그 '수리적 계산'의 한계를 벗어나지 못하고 일반적 법칙(UNIVERSAL LAW)을 나타내주지 못하는 가장 큰 원인이 바로 이 '0'이라는 숫자의 불명확한 사용 때문인 것이다. 그래서 보다 합리적인 방법으로 이상의 두 개념을 분리시켜 보자.

그러기 위해서는 새로운 정의가 필요하게 된다.

정의11-5. n-n=Ø 이라고 Ø 을 정의하자. 그러면 '0'은 본래부터 없다는 개념이고 Ø 은 있다가 없애버린다는 뜻인 것이다.

위 정의에 따라 수식을 다시 쓰면 Ø = 0+1-1이 되고 여기서 Ø 는 우리가 인식하는 일반계(하나를 주고[+1] 하나를 돌려받는[-1] 현실계)이고 0은 불교나 성리학에서 말하는 진공계 또는 태극인 것이다. 이러한 0+1-1에서의 산법(+와 -)을 앞에서 설명한 P와 N의 성질을 나타낼 수 있게 연산의 순서를 재정리하여 +1-1의 개념을 일반화하면 이는 +n-n으로 표현되고(n:일반수) 이는 다시 0+n-n으로 표현되고 이를 더 확장하면 (N)(진공계)(P)으로 표현할 수 있다(나중에 나오는 효율의 법칙에 의해 N을 먼저 표현했다 즉 0-n+n). 이를 정리하면 자연의 현상계는 M=P*Ms∘N(Ms:기본-subSYSTEM, M:SYSTEM)로 표현된다(기호적으로 Ms에 N을 먼저 작용한 후에 P를 작용한다). 여기서 M은 현상계로써 MAGIMIN이라고 부르고 진공계(무위)인 '0'을 sub-MAGIMIN(약식으로 sMAGIMIN)이라고 부르기로 하자. 이렇게 유추된 Ms의 성질은 +1과 -1이라는 상반된 P와 N의 개념이 존재하지만 이 둘이 같을 때만 0이 된다(∅ 이 되는 것이 아니다). 즉 P와 N의 공통부분이 Ms인 것이다.

이리하여 이루어진 M=P*Ms∘N가 바로 우주 인식의 본체인 것이다. P와 N이 공액인 것과 같이 이렇게 해서 이루어진 M의 공액으로써 또 다른 M'을 생성시킬 수 있는 것이다. 이때의 불변량 M이 이른바 우주 본체의 구성인 것이다. 한 예로 보통의 두 가지 것을 결합하면 그 구성요소의 성질 외에 새로운 무엇이 탄생되는데 이것이 바로 그 물체의 구성(ORGANIZATION)인 것이다.

전하나 질량 같은 것이 혼자로써는 아무 성질이 없으나 두 개 이상이 존재할 시 전자기력이나 중력이 생긴다.

그런데 현상계는 쌍대원리(앞의 설명 및 다음 장 참조)가 적용되기 때문에 P와 a에 대하여 쌍대적으로 N과 b가 발생되어 (나의 불행은 너의 행복) 최종적인 형식은 M=aP*Ms∘bN이 된다.

정리11-3.세계의 구조

MAGIMIN은 이중쌍대의 개념으로 생성이 되고 즉

(주:부)-(쌍대주:쌍대부)-MAGIMIN로 형성되며 최종적인

형식은 M=aP*Ms∘bN가 된다.

　　정리11-4. 대립쌍대차(差)의 원리: MAGIMIN은 이중쌍대의
　　개념으로 쌍대개념의 차(差)가 유위를 발생하게 된다.

　예) Ms의 성질에 대한 재미있는 예를 들어보자.

　'그 노인의 머리가 반백(半白)이다'라는 것은 '그 노인의 머리가 반흑(半黑)이다'라는 말과 의미가 똑같음. 즉 경계부분은 흑과 백의 공통부분으로써 Ms인 것이다.

　그것이 바로 경계로써 진공계는 진공계=현상계라는 것이다. 이를 수식으로 표현하면 Ms는 P=N(이며 또한 M=Ms)일 때를 말하는 것이다. 여기서 P와 N을 동일하게 본 즉 평등한 세계로 본 것이 바로 Ms인 것이다. 이 Ms이 불교와 노장지도(老莊之道 -노자와 장자)에서 추구하는 이상세계인 것이다. 진공계로 돌아가려고 한다는 뜻은 차를 없앤다는 뜻이다. 즉 모든 것이 무분별하여 분별심을 없앤다는 것이다. 모든 학문의 근본은 분별에서 나왔으나 이 분별심을 없애는 것이 바로 도(道)인 것이다. 이것이 바로 평등의 개념인 것이다.

　즉 차를 없앤다는 것이 바로 결국에는 평등하게 된다.

　예)견괴불괴(見怪不怪): 이상한[怪] 것을 보았을 시 이상하
　　게 행동하지 않는 것[不怪]이 이기는 것이다.

　외부 상태에서 괴(怪-STRANGE)를 보았다면 이 괴(怪)는 불괴(不怪)를 공액으로 함으로 해서 괴(怪)-불괴(不怪)-MAGIMIN을 형성하는 것이다. 그래서 만약 우리가 평지를 걸을 때나 높은

절벽 위의 외나무다리를 건널 때나 전부 다 똑같이 걷는 경우이다. 그러나 우리가 외나무다리[怪-STRANGE]를 걸을 때는 두려움을 느낀다. 즉 괴상한 것을 보았을 때 우리 의식상에는 (외나무다리=두려움)-MAGIMIN이 형성되었기 때문이다. 그러므로 애초부터 우리가 위 두 사건을 동일하게 즉 괴(怪)=불괴(不怪)인 상태(sub-MAGIMIN상태)로 보았을 때 우리의 행동은 자유스러워지는 것이다.

이러한 +1과 −1은 우주를 구성하고 있는 모든 요소들(크든 작든 모든 것 즉 우주전체, 인간, 동물, 혈액, 원자구조 등…)은 반드시 (+)와 (-)의 요소가 공액적으로 결합된 MAGIMIN에 의해 구조화되어 있으며 이는 우주 안에 가장 작은 극미(極微)에서부터 거대한 우주에 이르기까지 모든 것은 동일한 구조식인 MAGIMIN의 형태로 되어 있다는 것이다.

이러한 MAGIMIN이 변천되는 것을 살펴보면 MAGIMIN(M)은 닫힌계가 되고 Ms는 열린계가 되는데 어떤 기준1에 의하여 M_1이 닫힌계로써 시스템이 이루어졌다가 보다 높은 기준2에 의해 M_1은 열린계 Ms_2가 되고 이것이 $M_2 = aP_2 * Ms_2 \circ bN_2$로써 다시 닫힌계$M_2$의 구조를 형성하게 되는 것이다.

태초(太初)는 공허하다. 본래는 구별이라는 것이 없다. 모든 것이 있으면서도 없는 상태이다. 이것은 곧 상대적이라는 관념은 서로 같다는 상태에 있으면서도 서로 다른 상태도 역시 있다는 것이다. 즉 태극(太極) 자체는 벌써 음양(陰陽)이 있는 것이다. 그리하여 본래 이(理 Ms)와 기(氣 M)는 다른 것이 아니요 다른 시각, 즉 선후(先後)가 있는 것이 아니다(이기일원 理氣一元 : 성리학). 단지 태극(太極) 자체가 이미 동력(動力 DRIVING FORCE)인 것이다. 곧바로 아니 동시에 음양이 생성(生成) 아니 이미 존재(이 말 자체도 선후先後를 포함한 말이니 적절한 표현은 아니다)된 것을 뜻한다.

그리하여 태극(太極Ms)은 '무한한 공간(P)에 차 있으면서도 실지로 잡히려면 잡히지 않는(N)다.'(서경덕)는 것이다.

인간의 시각적 환상은 바로 자신의 변형인 것이다. 다시 말해 바로 자기 자신인 것이다. 인간 의식 세계 속의 잠재의식이라는 것은 MAGIMIN의 축적을 의미하는 것이다. 인간 형태의 근본(根本)은 상호의존적(相互依存的) 변형인 것이다. 이는 잠재의식의 발로가 상호의존(相互依存)에 의한 실체로 나타난 것이다. 그런 세계(世界)는 유한(有限)한 것이 된다. 그러나 잠재종자(MAGIMIN) 자체가 유한하면서 이질적 평등인 존재로 무한히 발전되어 가는 것이다.

그래서 행위라는 것 즉 유위(有爲)는 일차적으로 차(差)를 유발시키고 이차적으로 평등에의 복귀로 되는 것을 말한다. 아프리카의 어느 부족의 언어 중에는 사기꾼이라는 단어가 없다. 그 이유인즉슨 그 부족 사람들은 사기를 치지 않기 때문에 그 말 자체가 존재할 필요가 없게 되는 것이다. 따라서 이 말과 차별을 이루는 착한 사람이란 단어도 의미가 없게 되는 것이다.

아름답다 밉다는 것은 내 자신이 두 물체에 대하여 차별을 두는 마음이 있기 때문에 생겨난 것이다. 아무리 예쁜 얼굴이라도 내가 미운 것과의 차별되는 마음이 없으면 예쁜 것의 의미는 없어지게 된다.

마시는 물이란 있는 그대로 존재로써의 물이다. 다만 우리 내부에 느끼는 갈증의 차이에 의해 감로수가 되기도 하고 또한 더러운 물이 되기도 한다. 따라서

인간 앞에 놓인 모든 만물은 모두에게 똑같은 것이다(평등하다). 선(善)을 권장하기 위해서 또는 악을 없애기 위해서 자연의 이법이 존재하는 것이 아니다. 자연의 이법은 스스로 존재하는 것이다. 그래서 부처께서 인연법을 설하실 때 "이 법은 내가 만든 것도 아니요 누구에게 배운 것도 아니요 원래부터 존재한 법이다."라 하셨다. 다만 사람이 차이를 두고 달리 해석하는 것이다. 그러므로 세상 만물도 이와 같아서 분별을 내지 않을 때 모든 것이 평등해지는 것이다. 불교에서 말하는 일체개고(一切皆苦: 모든 것이 고통)는 그 고(苦)의 근원은 사람이 인식하고 분별하는 데서 시작되었다고 한다. 이 말은 다시 말해 사람은 태어날 때부터 고통을 감수하여야만 한다는 뜻이다.

이것은 기독교나 천주교도 마찬가지이다. 기독교나 천주교에

서의 원죄의식도 사실은 이 분별할 줄 아는 데서부터 출발한 것이다. 선악과(善惡果)를 먹기 전에는 분별을 몰랐는데 선악과를 먹은 후 분별력이 생겨서 서로를 구별하여 알몸을 부끄러워하고 좋은 것 싫은 것을 느끼고 더 나아가 선악의 구분 판단 그리고 실행까지 하게 되었던 것이다. 그래서 죄를 지은 여자에게 돌을 던지는 사람들을 보고 예수께서 너희들 중에 죄를 짓지 않은 사람만이 저 여자에게 돌을 던질 수 있다 하시니 모든 사람이 도망갔다는 것은 죄에 대한 분별, 판단을 (원래 죄가 클 수밖에 없는) 사람이 할 수가 없다는 것이다. 이미 죄를 짓고 있는 사람들이 어떻게 사람을 심판할 수 있겠는가? 그래서 불교에서는 분별을 없애는 것이 도를 구하는 것이라 하였다. 이러한 분별이 사회적 진실을 만들어내고 평등을 왜곡하게 하는 것이다.

인간이 태어날 때 본성은 백지상태도 아니고 성선설도 아니고 성악설도 아닌 일정량의 본성-MAGIMIN의 축적인 것이다. 이러한 MAGIMIN은 한 사건이 발생 시 외부와 자신의 내부에 의해 형성된 것이다. 단순한 사람간의 말다툼으로도 살인이 일어날 수도 있는 인간의 본성을 간단히 성선(性善) 또는 성악(性惡)으로 어찌 표현할 수 있겠는가? 이것이 다 오랜 세월 내부에 축적된 MAGINMIN과 외부와의 결합으로 일어나는 것이다.

MAGIMIN생성은 내부MAGIMIN이 먼저 형성이 되어서 외부 MAGIMIN과 결합되어 유위로 나타날 수 있고 외부MAGIMIN이 먼저 형성되어 내부MAGIMIN이 발생되면 유위를 만들 수도 있다. 이것은 인간이 본래부터 가지고 있는 참마음(眞我)이 분별에 의해 가리어지고 이 분별은 MAGIMIN의 형태로 나타난다는 것이다.

이렇게 인간의 모든 행위는 MAGIMIN으로 해석할 수 있는데 돈을 빌리는 행위에 대해 다시 기술하면 A와 B가 있어 A가 B에게 돈을 빌릴 경우 돈을 빌리는 순간 (A의)빌려줌과 (B의)빌림이 발생되어 B빌림(+)*A빌려줌(-)MAGIMIN으로 형성이 된다.

그러나 다시 A의 경우는 빌림*(갚음)에서 갚음이 이루어지지 않아 미결MAGIMIN(+와-로 행위가 완전히 끝나지 않은 상태)으로 관계가 남아있게 되는 것이다. 결국 A가 돈을 갚음으로 A는 (빌림*갚음)MAGIMIN의 완결MAGIMIN(+와-가 상쇄돼 무위로 돌아가는 상태)이 되고 B는 (빌려줌*받음)MAGIMIN의 완결MAGIMIN이 이루어지게 되는 것이다.

그러나 여기서 인연(因緣)이 완전히 끝난 것이 아니다. 즉 A는 선행받음*(선행보답)MAGIMIN상태로 아직 선행보답이 행하여지지 않은 상태로 미결MAGIMIN으로 남아있으며 결국 A가 다시 B에게 돈을 빌려주면 (선행받음*선행보답)MAGIMIN이 형성되고 다시 B가 돈을 갚음으로 완결MAGIMIN이 되어 모든 인과관계가 끝나게 되는 것이다.

여기서 미결MAGIMIN은 바로 불교에서 말하는 아라야식(識)으로써 만약 미결상태에서 A가 죽으면 내생의 B에 대한 인과관계의 씨앗이 되는 것이다.

또한 B의 경우 선행 시 보답을 전혀 생각지 않으면 이는 미결MAGIMIN이지만 시간에 대한 복리의 복덕을 가져다주는 것이다.

따라서 모든 행위(빌림*빌려줌)는 N이 먼저 움직이지만[동動] 발생은 N과 P가 동시에 되며 또 다른 한편으로는 미완결의 쌍(pair)의 행위가 역시 동시에 발생되니 이는 주자학에 근거하여 표현하면 음양 즉 태허(太虛卽氣:서화담)로써 만물의 생주변멸(生住變滅)의 근본이 되는 것이다.

따라서 인과응보(因果應報)라고 하는 것에 대한 성립, 불성립은 그 서로간의 대상체(PAIR)의 MAGIMIN 형성 여부에 의해 결정된다. 즉 한 사물의 원인에 대하여 상대 사물이 원인사물에 대하여 결과(果)를 일으킬 만한가? 그리하여 인(因)*과(果)-MAGIMIN이 형성될 수 있는가에 의존한다.

원인사물에 대한 그 결과(果)의 응답이 바로 발생될 시 즉석에서 MAGIMIN이 이루어지는 것이고 만약 원인에 대해 결과의 응답이 없어서 MAGIMIN형성이 안 되면 그것은 없어지는 것이 아니라 그대로 잠재되어 있다가(원인MAGIMIN) 응답할 결과(果)가 발생할 경우 (원인*결과)MAGIMIN이 이루어져 소멸되는('0')것이다.

여기서 우리는 사마천이 사기(史記)에서 말한 인과응보에 대한 회의 즉 백이와 숙제는 충신이지만 수양산에서 굶어 죽었고

도척이라는 도적은 호의호식하다 편히 죽었다는 것에 대한 대답을 얻을 수 있는 것이다.

즉 악업을 행한 사람이 응보를 받지 않고 호의호식 속에 살다 죽은 것은 그 사람이 응보를 받지 못한 것이 아니라 응보의 대상체가 형성되지 않아 MAGIMIN 형성을 못하여 응보를 받지 못한 것이 된다(잠재MAGIMIN으로 내부에 남아있게 된다). 그러나 내부 종자 악덕 MAGIMIN이 악인 내부에 존재하기 때문에 이 MAGIMIN과 쌍(PAIR)을 이룰 대상 MAGIMIN이 형성되면 악덕*응보-MAGIMIN이 형성되어 이 악인은 응보를 받게 됨으로써 그 행위가 끝이 나게('0') 되는 것이다.

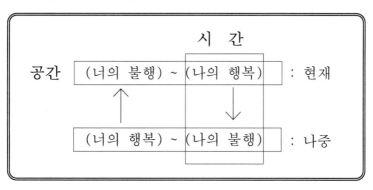

따라서 완결되지 않은 세상 모든 것들은 반드시 언젠가는 완결MAGIMIN이 이루어져야 한다. 이를 응보라 한다. 이것이 불교에서 말하는 인과의 법칙(아라야식)인 것이다.

쌍대의 개념인 (너의 불행)~(나의 행복)을 공간적 짝(pair)이라고 하면 시간적 짝(pair)이란 것은 (나의 행복):(나의 불행)~(너의 행복):(너의 불행)이 되는 것이다.

그래서 아무 변화도 없는 것은 무위의 평등, 변화가 있어 행동이 발생되는 것은 유위의 행위로서 유위(有爲) 발생 시는 쌍대원리에 의해 공간의 짝(pair)이 발생(빌림과 빌려줌)되고 시간이 지나 보상행위가 이루어지면 시간의 짝(pair)이 발생(되갚음과 되받음)되어 다시 평등으로 돌아가게 되는 것이다.

이렇게 모든 행위에는 짝(pair MAGIMIN) 형성이 되고 이것의 보상행위가 이루어지지 않으면 서로에게 계속 남아있게 된다. 그래서 사람이 죽어도 이러한 미완결의 MAGIMIN은 상대방에게 남아있어 결국에는 불교에서 말하는 윤회를 일으키는 원동력이 되는 것이다.

인생에서 선순환이 중요하다. 이러한 선순환을 일으키고 유지하기 힘든 이유 중에 하나가 사람의 욕망 때문이다. 그것은 자기가 이익을 탐구하는 마음 때문인데 이러한 사람의 내부에 존재하는 이익이란 자기가 좋아하는 것을 얻으려는 마음[욕심 慾心]과 자기가 싫어하는 것을 없애려는 마음[멸심滅心]으로 나누게 된다. 사람이 상식적으로 생각하여 별로 중요하지 않은 경우에도 가끔 살인이 일어나는데 이런 것이 바로 없애려는 마음이 작용한 것이다. 이것은 동물에도 적용된다. 사람이 산길을 가다가 벌이나 뱀을 보았을 시 사람이 먼저 공격을 하지 않으면 벌이나 뱀도 공격을 하지 않는다. 그런데 사람의 마음속에 불안이 있어 벌이나 뱀을 죽이려고 공격하다 화를 입게 된다. 이러한 마음속의 독기가 바로 멸심(滅心)이다.

사람의 행위는 탐욕[욕심]과 공포[멸심]에 의해 나타난다. 좋은 것을 가지려는 마음과 무서운 것을 없애려는 마음이다. 사람이 사소한 일에도 살인이 일어나는 것은 사람의 행위는 Analog적이지 않고 Digital적이기 때문이다. 즉 약간 미우면 적게 없애고 많이 미우면 많이 없애는 것이 아니라 좋으냐 미우냐에서 미우면 멸심이 작용해 그 사람에게 해를 입히거나 죽이거나가 큰 차이 없이 행해지게 되는 것이다.

사람이란 자기가 좋아하는 마음이 먼저 움직인다[先動]. 먼저 즐거움을 느끼기 때문에 싫어하는 것을 없애려하는 것이다. 계율(戒律)이란 이러한 조그만 즐거움이라도 허용하면 누적되어 나중에는 자기제어가 되지 않기 때문에 초기에 계율로 잡아야 하는 것이다. 싫어하는 마음을 없애려는 것은 에너지소모를 극소로 하려는 것이고 좋아함을 느끼는 것은 자유로워지려는 것이다. 그래서 먼저 좋아하는 마음을 없애야 한다. 싫어하는 마음은 좋아하는 마음에 따라오는 것이므로 좋아하는 마음을 없애면 싫어하는 마음은 저절로 없어지나 싫어하는 마음을 먼저 없애면 좋아하는 마음은 아직 남아있어 헛된 생각이 다시 생기게 되는 것이다[退轉].

자식이 똑같은 과오를 반복해 저지르는 것은 부모의 사랑이 부족했거나(확실히 채워주지 못했거나) 잘못을 인식시켜주는 사랑의 매가 확실치 않았기 때문이다(확실히 없애주지 못했거나).

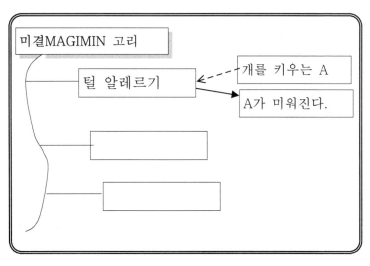

나는 털 알레르기가 있다.

= 나는 털 가진 짐승을 싫어한다.

= 나는 개를 <u>가지지 않는</u> 사람이 <u>좋다</u>.

~ 나는 개를 <u>가진</u> 사람이 <u>싫다</u>.

내가 노란색을 싫어하면 노란 옷을 입은 사람을 보면 왠지 싫어진다. 전화상으로 알지 못하는 사람과 대화할 때 상대방이 내가 싫어하는 사투리를 쓰면 그 사람을 도와주고 싶은 생각이 달아난다. 그것은 내 마음속에 미결MAGININI이 남아있기 때문이다.

이러한 수많은 미결MAGIMIN이 사람의 마음속에 존재하여 그 사람의 모든 행동에 대하여 미리 결정지어버리는 역할을 한다. 불교에서 말하는 일종의 업인 것이다. 이런 미결MAGIMIN을 없애야지 선입견 없는 바른 판단을 할 수 있다.

만약 이러한 모든 미완결의 MAGIMIN을 없애 평등상태가 되면 다음 생에 대한 인연의 끈이 없으므로 이른바 생사를 여읜 해탈이 되어 열반에 들게 된다는 것이다.

자연계는 쉬지 않고 끝없이 변화한다. 여러 가지 상황으로 바뀌어도 계속 변화를 한다. 그럼 자연계는 왜 쉬지 않고 변화를 하는가?

자연계는 처음에는 공허한 상태에서 다시 물질적 현상계가 생기면서 크게 두 가지의 개념으로 분리되었다. 즉 P와 N이 그것이다. 이 P와 N은 항상 합쳐져서 무한의 원점으로 되돌아가려고 한다. P와 N으로 구별되어 정돈된 형태로 되어 있어도 항상 합일(合一)되려고 한다. 이것은 구별된 불평등에서 균질한 평등한 무질서로 가려고 하는 것이다. 세계는 크게 두 가지 방향으로 움직이고 있다. 우선 정돈된 세계 P와 무질서한 세계 N을 비교해 볼 때 즉 한 계(系)의 관점에서 볼 때는 각각의 구성원들은 전체 큰 공간 내에서 균일하게 분포되기를 원한다. 즉 구조화된 세계가 아닌 전체가 균일하게 분포된 무질서의 세계인 것이다(확률론에서 무질서, 무작위로 뽑은 Data가 가장 전체를 대표하는 값을 나타낸다). 또 다른 방향은 구조화된 P의 세계로 이동되어 조직적인 체계를 이루려고 하는 것이다. 처음에 P와 N의 성질을 논의 할 때 P는 총합 N은 분해의 성질이 있다고 했다. 그런데 P 즉 총합이 N 즉 분해를 이기는 과정(즉 총합과정)은 자연스럽지만 분해가 총합을 이기는 과정 즉

총합인 물체가 분해로 갈 때는 바로 되지 않고 어떤 변환 N'
가 되어야 한다고 했다. 따라서 자연계에서 총합과 분해는 서
로 가역반응이 아닌 것이다.

한쪽 방향 즉 총합으로 갈 때는 자연스럽게 되지만 분해가
될 때에는 어떤 변환이 이루어져야 분해가 된다. 이런 변화가
된 상태를 산화(酸化)라고 한다. 즉 합성체를 분해할 때는 바
로 분해가 안 되고 산화의 과정을 거쳐야만 이루어진다. 열역
학적 비가역 반응도 마찬가지인 것이다.

힘의 균형에 의해 계의 경계가 형성되면 완성된 닫힌계로써
의 집단이 형성되고 이러한 경계가 그 집단의 특성을 나타낸
다. 이는 계의 항상성으로 표현되며 자연계의 모든 구조적인
것은 이러한 길항적 이원(二元)적 힘의 균형으로 이루어짐을
알 수 있다.

2. 제반 법칙에 대하여

-1.자연계의 원리

세상(또는 조직)이 평등하다는 것은 이중(二重)적 쌍대 개념이다. 게을러 공부 성적이 뒤진 아이와 부지런히 공부해 성적이 좋은 아이를 평등하게 대할 수는 없다. 즉 원인과 결과를 모두 감안한 평등이다.

*자연계의 기본원리

정리12-1-1.평등(平等)의 원리: 평형을 이루는 모든 자연의 현상은 닫힌계로써 시간이 지나면(공간적으로는 시행 숫자가 많아지면) **결국에는 평등**이 된다.

이러한 평등의 개념으로 마지민(MAGIMIN)이라는 세계 구조의 공식을 만들었다. 그런데 여기서 '-'를 먼저 한 이유가 효율 때문이라고 했다. 자연은 가장 효율적인 행동을 취하며 이러한 행동은 **먼저 주는**(먼저 **손해** 보는) 것이 이익이라는 것이다.(+1-1이 아니라 -1+1).

예를 들어 엘리베이터를 탈 경우 엘리베이터 문이 열릴 때 안에 있는 사람이 먼저 나와야 되나 밖에 있는 사람이 먼저 안으로 들어가야 되는가 하는 문제를 생각해 보자. 일단은 양쪽 사람이 모두 동일한 기회이니 서로 먼저 할 수 있다고 주장할 수 있다(평등의 원칙에 의해). 그런데 밖이 엘리베이터 안보다 덜 정돈적(밖의 공간이 더 넓어 무질서도[엔트로피]가 크다)이기 때문에 안에 있는 사람이 먼저 나오는 것이 더 경제적 행위가 된다(나올 때 저항성을 덜 받는다). 따라서 밖에서 보았을 때 안에 있는 사람에게 양보하여 먼저 나오게 하고(-1) 다음에 밖에 있는 사람이 들어가는(+1) 것이 효율적인 것이다(-1+1=0).

정리12-1-2. 효율(效率)의 원리:

적게라도 먼저 주면 더 많은 것이 돌아온다.

적은 악이라도 먼저 행하면 더 큰 벌(罰)이 돌아오고

적은 선이라도 먼저 행하면 더 큰 복(福)이 돌아온다.

여기서 적게 주는데 많이 받는 것은 불평등한 것처럼 보이지만 현실세계에서는 이중쌍대(雙對)원리가 적용되는데 그것은 '나의 행복'이 '너의 불행'이라는 이중쌍대가 발생된다는 것이고 그래서 내가 적게 주면 많이 되받는 것처럼 상대방도 나에게 적게 주면 많이 되받게 되어 전체적으로 보면 평등하게 된다.

다시 예를 들어보면 '배부를 때 스테이크를 주는 것이 아니라 배고플 때 빵을 주는 것'이 효율이다.

배부르다 : 안에 많이 있다 ≠ 밖에서 많이 준다.

배고프다 : 안에 적게 있다 ≡ 밖에서 많이 준다.

이렇게 이중쌍대가 형성된다.

평등이란 긴 시간 또는 많은 시행을 행하였을 시 나타나는 것이다. 반면에 짧은 시간 또는 적은 시행의 경우에는 초기조건의 영향을 강하게 받아 불평등하게 값이 한쪽으로 쏠리는 현상이 발생한다. 이것을 클러스터(cluster 뭉침)효과라고 한다.

정리12-1-3.뭉침(클러스터 cluster)효과:

짧은 시간 또는 적은 시행의 경우에는 초기조건의 영향으로 한쪽으로 값이 몰리는 현상이 발생한다.

예)카지노에서 홀짝 게임을 할 경우 홀이 계속 나와 짝에다 걸면 의외로 또 홀이 나와 잃는 경우가 많이 발생한다.

예)많은 곡이 수록된 음향매체(mp3 등)에서 무작위(랜덤)모드를 정하고 들을 경우 처음 듣던 음악이 얼마 안가서 다시 재생된다. 곡이 워낙 많이 수록되어 있어 단순 확률적 계산으로 불가능하지만 실제 발생된다.

효율이란 평등이라는 기본원리에서 이중쌍대원리에 의해 파생된 것이다. **평등이 이중쌍대원리에 의해 효율**이라는 원리를 나타내는 것은 세상의 모든 것은 원인과 그에 따른 결과가 발생하기 때문이다. 대부분의 사람들이 단순히 결과만 보고 평등에 대한 불만을 이야기하는데 모든 것은 **이중쌍대에 의한 원인과 결과**를 보아야 비로소 **완전한 평등**을 논할 수 있는 것이다.

즉 원인에 따라 결과가 달라진다. 물은 보편타당한 물이다. 누구에게나 평등하다. 그러나 목마른 사람이 먹으면 감로수가 되고, 보통 사람이 먹으면 맹물이 된다. 이와 같이 자연은 본시 평등한 것이나 사람에 따라 그것이 달라진다. 이러한 본래 평등한 것을 줄기체(sub-MAGIMIN), 원인요소를 씨알체(PN 음양), 결과물을 현실체(MAGIMIN)라고 하자.

정의12-19. 줄기(체): 자연물(物)의 모체가 되는 것

정의12-20. 씨알(체): 일종의 소프트웨어의 성격을 가진 것으로 설계/프로그램/알고리즘/유전정보 등과 같은 기획 설계자(씨줄+날줄 또는 씨앗+알의 약자)

정의12-21. 현실(체): 실체적, 감각적 형성체

줄기체	물	전원	단백질
씨알체	목마름	방송신호	DNA
현실체	감로수	라디오방송	신체

*옛 경전의 글귀)동일한 햇빛과 물을 주었으나 씨 다른지 라 열매 또한 같지 않는구나.

*예)아는 만큼 보인다는 것은 보이는 대상체는 줄기체, 아는 것은 씨알체, 보이는 것은 현실체이다.

정리12-1-4. 자연(물)의 형성: 자연물(물질적, 추상적 모 든 것)은 본시 평등한 줄기체와 일종의 설계 역할을 하 는 씨알체에 의해 만들어진다.

줄기체는 셈법에서 덧셈 즉 가산(可算)성이 있는 성질을 가지고 있는 반면에 씨알체는 가산성이 없다. 이를 체(体)와 용(用)으로 나타낸다. 예를 들면 촛불은 현상체이고 이

것은 체(体)인 초(덧셈가능)와 용(用)인 불(자신의 손실 없이 무한히 나누어줄 수 있는 비가산성)로 이루어졌다. 신체의 운동에서 몸과 힘은 체이고 운동기술은 용이다.

이렇게 세상의 모든 현상은 평등과 효율 그리고 이에 따른 이중쌍대원리로 해석 가능하다.

예) 1. trade off : A와 쌍대관계인 B라는 것은 A의 장점과 단점이 B는 단점과 장점이 된다. 즉 예를 들어 공을 던질 때 거리를 멀리 보내려면 정확성이 떨어지고 정확하게 보내려면 거리가 줄어든다.

2. 길항성 : 한쪽이 모자라면 다른 쪽이 보충하여 결국 평형을 유지시키는 성질

3. 길이와 면적 : 똑같은 길이에 원이 이루는 면적이 가장 크다. -> 똑같은 면적에 원둘레의 길이가 가장 짧다.

예) 옛날 그리스에 아리스티데스라는 유명한 사람이 있었는데 무슨 일이 있어 패각추방(도편추방-고대 그리스에 문제인물을 국외로 추방하기 위해 행해지는 시민들의 투표)에 걸리게 되었다. 이때 어떤 글자를 모르는 시민이 지나가는 아리스티데스를 보고 (국외 추방에 대한 찬성을 위해) 도편에다 이름을 써달라고 했다. 그래서 아리스티데스는 찬성에 대한 이유를 묻자 대답하기를, "어딜 가나 그 사람(아리스티데스)이 옳은 사람이라고

말하는 것이 이상해서"라고 이유를 대었다. 이것이 물(物)이 극에 달하면 반대파가 꼭 특별한 이유 없어도 생긴다는 것이다.

그래서 평등에서 차이가 발생되면 이 차이를 없애는 방향으로 힘이 발생하며 이것이 현상계를 나타낸다.

예)바람은 두 곳의 기압차(差)에 의해 발생된다.

예)사람이 상대방을 계속 칭찬만 하는 것보다 처음에는 비난을 한 후 나중에 칭찬을 하는 것이 상대방에게 더 호감을 가지게 한다. 이는 비난과 칭찬으로 차(差)를 유발시켜 더 큰 호감의 감정을 일으키게 하는 것이다.

예)돈을 빌리는 경우

(나는:빌림)~(당신은:빌려줌)MAGIMIN이 형성되며 (당신의 보유금액)-(나의 보유금액)의 차가 발생될 시 빌림이란 행위를 유발할 수 있다.

예)원효대사가 한 밤중에 무덤에서 갈증이 나서 물을 마셨을 때는 그 당시 원효 내부에 물이 부족한 상태고 이것과 정상적인 수분상태의 차이가 갈증을 유발시켰고 따라서 해골바가지 물도 감로수처럼 맛있던 것이다(몸의 내부 수분의 양과 필요한 수분의 양의 차). 그러나 다음날 그 물이 해골바가지에 있는 물이었다는 사실을 알고 구역질이 났다는 것은 이때에는 신체의 상태가 수분을 요하지 않으므로 차이 발생이 되지 않아 해골바가지 물을 그대로 해골바가지 물로 보게 되면서 구역질이 난 것이다(일반 물과 해골바가지 물과의 차). 즉 차별에 의한 MAGIMIN 생성이 유위(有爲 수분이 부족할 때는 *갈증*, 부족하지 않을 때는 *해골*바가지를 인식)를 만들어내게 되었던 것이다.

예)불에 강하면 물에 약하다.

예)고대 그리스의 어느 군대에 병사 한 명이 있었는데 체격이 왜소하고 몸이 안 좋아 보였으나 전쟁에 나가서는 상당히 용감했다. 그래서 그 나라 왕이 이 병사를 염려해 의사들을 시켜 병을 치료한 결과 몸이 좋아졌다. 그런데 이 병사는 몸이 좋아진 후에는 전쟁에서 용감한 행동을 안 보여주고 위험을 회피하였다. 그의 변한 모습을 보고 이상하게 생각한 왕은 그에게 이유를 물었더니 "몸이 안 좋을 때는 목숨이 아까운 줄 몰랐는데 몸이 좋아지고 난 후에는 목숨이 아깝게 느껴졌다"고 이야기했다.

예)큰 신발은 작은 발을 가진 사람이나 큰 발을 가진 사람이나 다 신을 수 있으나 작은 신발은 작은 발을 가진 사람만 신을 수 있다. 이를 공액적으로 바꾸면 작은 발을 가진 사람은 큰 신발, 작은 신발을 다 신을 수 있으나 큰 발을 가진 사람은 큰 신발 밖에는 못 신는다.

예)물체의 온도를 조절할 경우 불(한쪽 성질)로는 불가능하고 물(더운물 또는 찬물)로 하여야 가능하다.

예)옛날 중국 춘추시대의 제나라 환공이 멸망한 곽국이라
는 나라에 가서 그곳 나이 많으신 노인에게 곽국이 망
한 이유를 묻자 그 대답이 곽국 임금은 선을 좋아하고
악을 싫어했기 때문이라 했다. 대답이 이상해서 아니
그런 현군이 있었는데 왜 망했습니까 하고 물으니 곽국
임금은 선이 좋은 줄 알았지만 활용할 줄 몰랐고 악이
나쁜 줄은 알았지만 이를 없애지 못했다고 대답했다.

이러한 이중쌍대원리에 의해 세상은 평등(안정)과 효율
(자유)이라는 이율배반적 요소를 가지게 된다.

*자연계의 실천원리: 상충적 구조

정리12-1-5.세계는 평등 즉 **안정** 상태를 추구한다.

세상(삼라만상)은 **에너지소모 극소**가 되게 행동한다.

정리12-1-6.세계는 효율 즉 **자유** 상태를 추구한다.

세상은 최대한 자유로워지기를 원한다(엔트로피).

예)의자의 경우 팔걸이가 있는 의자는 안정되지만 앉고
일어서는 데 불편하다(덜 자유롭다). 반면에 팔걸이가
없는 의자는 덜 안정적이지만 앉고 일어서는 데 편하다
(자유롭다).

예)관리자가 서류를 보관 처리하는 방식에는 서류를 사
건 별로 구분해 정리하는 화일(file 종류별 보관)방식
과 서류를 한 곳에 쌓고 맨 위에 자주 보는 가장 필요

한 서류를 놓고, 맨 밑에 거의 다루지 않는 별로 중요하지 않은 서류를 놓는 파일(pile 쌓아두기)방식이 있다. 파일방식은 서류를 중요한 사안은 빠르게 찾을 수 있어 에너지소모가 극소인 반면에 일반 사안에 대해서는 많은 시간이 소모된다. 반면에 화일방식은 전체적으로 시간이 걸리지만 정확하게 찾아 처리할 수 있다. 사람은 pile타입이 있고 file타입이 있어 서로 장단점을 가지고 있다.

예)여러 차들이 PARKING된 장소에 한 곳이 비어서 나의 차를 PARKING하는 경우를 생각하자. 이럴 경우에는 여러 가지 제약을 받게 된다. 잘 조정해서 다른 차에 부딪치지 않게 해야 한다. 그런데 그 자리에서 나올 때에는 쉽게 나올 수 있다. 즉 굉장히 자유스럽다. 여기서 PARKING하려고 들어가는 것은 물질구조가 이루어지는 즉 합성과 총합의 개념이다. 이럴 때 자연은 에너지를 가장 적게 드는 즉 최소에너지 상태를 유지하는 방향으로 이루어진다. 그런데 차를 뺄 때에는 무질서하게 최대한 자기가 유리하게 빼려고 한다. 이것이 분해의 개념이며 이때는 자연은 최대 자유 상태를 유지하려고 한다. 즉 분해 시에는 자연은 ENTROPY극대화를 하려고 한다. 따라서 자연은 합성과 분해를 거듭하면서 거기에 맞는 물리학적 법칙에 따른다.

참조)저항성이 적은(Mean Free Path가 긴) 즉 입자충돌이 적은(그래서 주어진 열량에 대한 온도상승이 적은, 엔트로피S=Q/T) 방향으로 자연은 선호한다(자유를 선호). 이것은 닫힌계보다 열린계로의 변화를 의미한다.

정리12-1-7.악재우월의 법칙

: (나쁜)악재는 (좋은)선재를 몰아낸다.

그것은 악재가 에너지소모 극소가 되기 때문이다.

-.착한 일을 하는 것보다 나쁜 짓을 해서 돈을 버는 것이 훨씬 쉽다.

-.악화는 양화를 구축한다.

-.남에게는 엄격한 잣대를 들이대면서 자신에게는 상당히 관용을 베푼다. 그것이 자신의 에너지를 덜 소모하기 때문이다.

-.사람을 (성격이)굉장히 바꾸기 힘든 동물이다. 그대로가 에너지소모가 적기 때문이다(자신에게 익숙한 것이 좋은 것이다).

-.몸에 이상이 왔을 때 신체는 심장을 먼저 보호한다. 그것이 에너지를 적게 효율적으로 사용하기 때문.

-.음향기기의 경우 그 구성이 대체로 '프리앰프(리시버단)-메인앰프(증폭 단)-스피커(출력 단)'으로 구성되어 있는데 그 중 하나라도 불량이면 음질 전체에 영향을 미친다.

-.완전범죄가 일어나기 어려운 이유는 모든 과정을 철저히 하여도 사소한 하나가 잘못되면 발각되기 쉬운 법이기 때문이다.

-2.자연계의 특성

1)집합계의 성질

자연계의 존재하는 것들은 단일개념으로 존재하지 않고 어떤 집단을 구성한다. 이러한 집단에 대하여 알아보기 위해 몇 가지 정의를 내려 보자.

정의12-1.열린계: 한 집단(조직, 구조 등)에 있어서 P 또는 N이 쌍대적 관계의 쌍(pair 서로 연결된 구조의 쌍)으로 존재하지 않는 경우를 열린계라 한다.

정의12-2.닫힌계: 한 집단(조직, 구조…)에 있어서 그 집단 내에 쌍대적 관계인 (원점인 태극으로 갈 수 있는)P와 N이 둘 다 존재할 경우를 닫힌계라 한다.

어떤 집단(또는 조직)의 내부가 평형상태를 이루고 있다는 것은(즉 평등) 쌍대관계의 P와 N을 다 포함한다는 것이고 따라서 그 집단은 닫힌계라 한다.

이와 같이 모든 것이 각 경우에 따라 특성이 상대적으로 형성되며 이러한 쌍대개념은 여러 성질을 가지고 있다.

정의12-3.경계: 한 계(系system)에서 P 또는 N이 추세적이다가 포화점에 다다르면(물극物極) 그 쌍대개념인 N

또는 P로 바뀌는데(필반必反) 이러한 반전되는 곳을 경계(P=N)라 한다.

위의 정의에 따라 닫힌계는 경계를 가지고 있고(P와 N을 다 가지고 있으므로) 열린계는 경계를 가지고 있지 않다.

*집합계 특성과 구조성

정리12-2-1.집합계의 특성

-1.닫힌계의 특성:

1.경계를 가지고 있다.

2.열린계로 확장 시 불연속적 도약을 한다.

3.인과율이 적용된다(평형).

4.길항(拮抗)적 성질을 가지고 있다.

5.주기성을 가지며 주기는 단조화 주기이다.

(단조화: 단위원운동의 형태를 가진 주기)

-2.열린계의 특성:

1.경계를 가지고 있지 않다.

2.닫힌계로 확장 시 연속적이다.

3.사회적 진실이 적용된다(국소적 불균형).

정리12-2-2.주기성: 닫힌계는 그 집단 자체 내에서 상대적 존재인 P와 N이 존재하기 때문에 P가 극(極)에 달하면 N으로 또 N이 극(極)에 달하면 P로 바뀌는 성질(길항성)이 있다. 이러한 성질에 의해 그 집단은 주기성을 갖는다.

예)주식시장이 복잡하고 무질서해 보이는 것은 주식시장
이 열린계이기 때문이다. 만약 현재 투자하는 사람만
으로 시장이 형성된다면 닫힌계로 주기성을 가질 수
있으나 주식시장은 외부로부터의 자금 유입이 가능해
져 열린계가 확장 및 축소 가능하기 때문에 일정모양
의 주기성이 없고 변화된 국소적(局所的) 주기성을 가
지고 있게 된다. 그래서 주식은 어렵다.

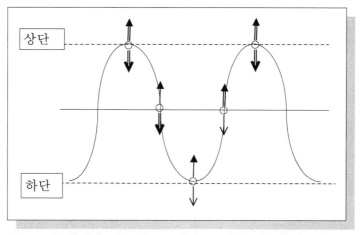

MAGIMIN의 원리에 따르면 '0'이라는 것은 태초부터 없는
것을 의미하며 '+1-1'이라는 것은 두 종류의 힘이 존재하지
만 균형상태를 이루어 어떤 변화가 발생되지 않는 것을 뜻
한다. 그런데 이러한 균형이 깨지면 그래서 두 힘의 차가
발생되면 유위의 원리에 의해 변화가 발생되는 것이다.

즉 세상(현상계)이 조용한 것은 아무 힘이 존재하지 않는
것이 아니라 두 힘이 있으나 이 힘들이 평형상태이기 때문
이다. 여기서 평형이 깨지면서(한쪽 힘이 더 강해지면) 변

화가 일어나고 이러한 변화가 계가 닫힌계일 경우에는 주기
성을 가지게 된다.

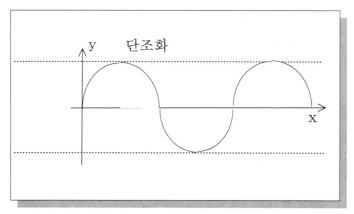

예)신체가 정상 상태라는 것은 아무 작용이 일어나지 않
   는 것이 아니라. 병원균과 면역력의 균형상태라는 것
   이다. 여기서 균형이 깨져 면역력이 약화되거나, 병원
   균이 강해지면 병이 발생된다.

정리12-2-3.정상 상태: 두 쌍대적인 힘이 균형을 가짐

이렇게 자연계에서 발생되는 여러 현상들은 시간의 함수
(시차)가 되는 경우가 많으므로 이를 더 자세히 알아보자.

정의12-4.완화시간: 평형상태(P=N)에서 P 또는 N에 추세
   적 행위가 발생되어 진행되다가 극한 상황에서 N 또는
   P가 발생되어 원래의 평형상태로 되돌아가는 데 걸리
   는 시간(시차)

정의12-5.자유행로: 추세적 행위가 발생 시 저항 없이
   진행되어지는 시간 또는 공간(거리)적 크기.

바닥의 완충영역에서는 자유행로의 크기가 작으나 탈출하여 상승영역이 되면 자유행로의 크기가 커진다. 그러다가 위에서는 다시 완충영역이 생기며 작아진다. 이러한 현상이 반복되는 것이 주기성이다.

예)돈을 빌린 초기에는 갚을 시간적 여유가 많아 정신적 저항을 덜 받는다. 즉 자유행로가 크다.

정리12-2-4.변화의 천이(遷移 옮김)성: 한 방향으로 상황이 추세적 진행을 하다가 일정시간(완화시간) 경과 후 반전 또는 재진행의 중간영역에서는 완충의 두터운 영역이 발생한다.

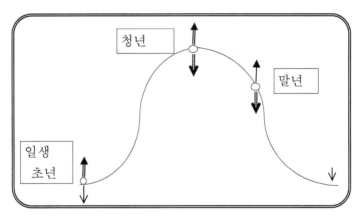

예: 인생) 사람의 일생을 한 주기로 생각해 보면 이 경우에서의 두 힘이란 세포의 생성과 사멸인 것이다. 젊은 초기에는 생성의 힘이 사멸보다 크기 때문에 신체가 계속 성장하게 된다. 그것이 청년이 되면 극대화와 더불어 균형상태를 유지하다가 장년으로 되며 사멸이 생성보다

커지면서 신체의 노화가 일어나게 되며 종국에는 죽음에 이르게 된다.

원인-MAGIMIN이 발생되어 초기에는 급속도로 행위가 이루어지다가(자유행로의 크기가 크다) 경계부근이 다가감에 따라 완충영역을 형성하고(자유행로의 크기가 작아진다) 외부의 유입이 없는 닫힌계를 형성 시 원인-결과-MAGIMIN에 의한 평형이 형성 후 단조화가 이루어진다(시간에 대한 자유행로의 크기는 지수 함수적 형태를 가진다).

2)집합계의 확장성(열린계)

세상(또는 조직)이 발전하기 위해서는 그 집단은 닫힌계가 아닌 열린계여야 한다. 그것은 열린계가 확장성을 가지고 있기 때문이다. 그래서 열린계는 완성된 하나의 집단(닫힌계)의 기저(基底base)가 된다.

따라서 조직(구조)의 형성은 기본이 열린계로 시작하며 이것이 확장되어 P와 N을 보유하고 안정(stable)이 되면 닫힌계로써 조직이 완성된다. 이러한 닫힌계의 특성은 P와 N의 성질에 의해 고유의 구조인 주기성을 가지며 이 닫힌계가 더 진보를 하기 위해서는 경계를 깨고 열린계로 되면서 추후 열린계와 닫힌계가 반복되며 진보한다. 따라서 이 경우에는 변형된 주기성을 가지게 된다.

열린계는 쌍대적 관계(P 또는 N) 중에 하나만을 가졌기 때문에 둘(P와 N)을 모두 가진 닫힌계로 확장가능하다. 즉 더 큰 자연계(닫힌계)를 설명하기 위한 기저(基底base)는 열린계여야 하며 열린계에서 확장하여 확장이 일정한 한계에 이르게 되었을 때 닫힌계가 된다. 이 닫힌계는 쌍대적 관계의 상호 변환에 의해 주기를 가지며 이 주기가 그 자연계(닫힌계)의 구조를 결정짓게 되는 것이다. 이를 근거로 다음과 같은 정리를 도출하여 보자.

정리12-2-5.확장성: 열린계의 경우 더 큰 닫힌계가 존재하고 이러한 더 큰 닫힌계로의 확장이 가능하다(열린계는 P 또는 N 한가지만을 갖고 있기 때문에 두 개념을 다 사용한 공리를 책정할 경우에는 나머지 하나까지 포함하는 닫힌계로 확장시켜야 한다).

예)아라비안나이트의 요술램프 경우에 마술사가 나타나 "너의 소원을 하나만 들어주겠다."고 말한 경우 이 말은 모순이 된다. 왜냐하면 대답이 "나의 소원은 내가 원하는 것 100가지만 들어주는 것입니다."라는 모순적인 대답을 듣게 되기 때문이다. 이러한 모순이 생기는 이유는 소원 1개는 열린계이기 때문이다. 즉 1은 2, 3, 4, 100… 등으로 얼마든지 확장가능하기 때문이다. 만약에 마술사가 "너의 소원을 총합해서 3개만 들어주겠다."고 하면 모순이 발생하지 않는데 그것은 닫힌계이기 때문이다. 즉 총합이 4개 이상은 불가능하기 때

문에 확장할 수 없는 계(系)가 되어 닫힌계가 되므로
모순이 발생하지 않는다.

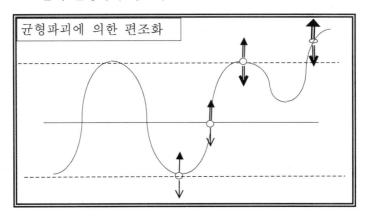

균형파괴에 의한 편조화

정리12-2-6. 구조성(기저성 base): 완성된 계는 기저(基
底)가 열린계로 시작하며 그것이 확장되어 닫힌계(P와
N을 모두 함유한)로 이루어지며 이 닫힌계는 P와 N의
성질에 의해 주기성을 가지며 그 주기가 그 계의 구조
를 결정짓는다.

이러한 완성된 집단인 닫힌계가 더 큰 집단으로 되기 위
해서는 그 경계를 깨고 불연속의 도약이 필요하다. 즉 세계
의 진보는 연속적이고 또 불연속적이다.

세상은 연속적으로 진행되다가 그 연속이 쌓이면 어느 순
간 불연속적으로 도약한다.

즉 세상이란 **연속(열린계에서 닫힌계로의 확장)과 불연속
(닫힌계에서 열린계로의 도약)**의 반복과정인 것이다.

예)외국에 나가 처음 몇 달 동안은 영어를 제대로 알아
　듣지 못해 고생을 한다. 그렇게 고생하며 배우다 어느
　순간에는 소리가 들리기 시작하는데 이것이 도약의 시
　점(불연속)인 것이다. 하루에 30분씩 꾸준히 쉬지 않
　고 무언가를 10년 동안 하게 되면 연속과 도약을 반복
　하다가 그 방면의 전문가보다 뛰어나게 되는 것이다.

참조)그러나 자연은 실제로는 겉보기값(표면값)과 실제값
　두 가지 값을 가지고 있다. 겉보기값이란 자연[인간]
　이 감각적으로 느낄 수 있는 연속적인 감지의 값이 아
　니라 어떤 특정된 값으로 일정한 값(역치threshold)
　이상일 경우에만 감각적으로 인지되는 값으로 불연속
　의 값이 된다. 그러나 실제값(연속적인 값)은 꾸준히
　계속 변화되는 것이다. 유리그릇에 아주 미세한 금
　(micro crack)이 생겼을 때 감각적으로 느끼진 못하지
　만 그 금은 계속 진행이 되는 것이다. 그러다가 어느
　순간에 (불연속인 것처럼) 그릇이 깨지는 것이다.

정의12-6: 편조화) 국소적 주기를 가지면서 전체적으로
　점진적 증가 또는 점진적 감소를 반복하여 구간적 추
　세성을 나타내는 그래프. 2진1퇴의 그래프

정리12-2-7.세계의 추세성(정리12-2-6의 추가설명): 세
　상은 **연속(열린계에서 닫힌계로의 확장)과 불연속(닫
　힌계에서 열린계로의 도약)의 반복과정인 것이다.** 그

래서 세상에서의 시간의 흐름에 따른 추세는 계속 전
진(또는 후퇴)하는 것이 아니라 2진1퇴(2進1退) 또는
1진2퇴(1進2退)하는 것이다. 이러한 진보의 특성은 편
조화(偏調和)주기를 가진다.

　참조)'정리11-3.세계의 구조'에서 두 쌍대개념의 차가
유의를 발생하는데 그것이 경계가 있는 유한영역(콤팩
트 공간) 내일 경우는 (균형의)단조화이고 경계가 파
괴되면 편조화가 되는 것이다. 즉 유의(有意)는 홀로
존재하지 않고 대립쌍대의 차로 나타난다.

　편조화 그래프는 특성상 P편조화 그래프와 N편조화 그래
프로 나누며 세상의 앞으로의 추세는 이 둘의 장기간에 걸
친 교대로 나타난다(국소적 구간에서는 불균형에 기인된 단
조화가 나타날 수 있다).

　따라서 세계의 진행은 P방향 즉 자유(최대 엔트로피[자
유]상태)를 추구하는 방향과 N방향 즉 안정(최소 에너지상
태)을 추구하는 방향의 교대로 발생되는 주기를 가지고 진
행된다. P는 분해 N은 합성으로써의 성질을 가지고 있다.

　세상(삼라만상)은 두 가지 큰 원리를 쌍대적으로 추구한
다. 그것은 자유와 안정이다. 안정이 크면 덜 자유스럽고
자유스러우면 덜 안정되게 된다.

　예)두 사람이 중국집에 갔을 때 한 사람이 이 집은 짬뽕
이 맛있다고 하면 다른 사람은 음식을 고를 걱정이 없

어 안정되지만(에너지소모 극소) 한편으로는 자신이 음식을 고를 자유를 빼앗기게 되는 것이다.

예)수도자 경우는 홀로 지내기 때문에 자유를 만끽하지만 고독에 대한 불안(안정이 안 됨)과 두려움이 있다. 반면에 사회집단 생활을 하는 일반인들은 안정되지만 자유가 일부 구속을 당하게 된다. 인디언들은 집단생활을 하면서 개인의 자유의지를 최대한 존중해 준다.

예)우리가 속담을 보면 이율배반적인 경우를 가끔 본다. 예로써 '모르는 것이 약이다'와 '아는 것이 힘이다' 또는 '골이 깊으면 마루가 높다'와 '얕은 눌림목(골)은 더 높게 간다.' 등이 있다.

그래서 외부의 힘이 유입되어 경계(상단 및 하단의 힘의 균형점)에서의 균형이 깨지게 되면 계(系)가 확장되어 열린 계에 의한 편조화를 형성한다.

정의12-7.추세적: 한 집단에서 P(또는 N)의 성질이 계속 증가하는 상태에 있을 때를 추세적이라 한다.

반전(P편조화가 N편조화로 또는 N편조화가 P편조화로)시에는 쌍대의 원리가 적용된다. P와 N, 준점과 극점이 쌍대로 P편조화가 N편조화로 반전시 P준점은 N극점으로 P극점은 N준점으로 바뀐다(역의 경우도 마찬가지이다).

정의12-8.그림참조

P극(極)점: P편조화 그림에서 극대(極大)점

P준(準)점: P편조화 그림에서 극소(極小)점

N극(極)점: N편조화 그림에서 극소(極小)점

N준(準)점: N편조화 그림에서 극대(極大)점

주의)이중쌍대원리에 의해 편조화 경우는 최대와 극소

(준점), 최소와 극대가 쌍대(pair)가 된다.

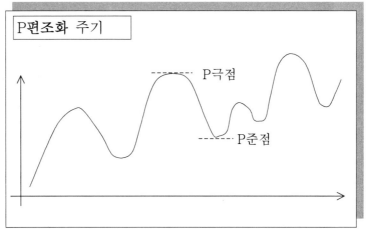

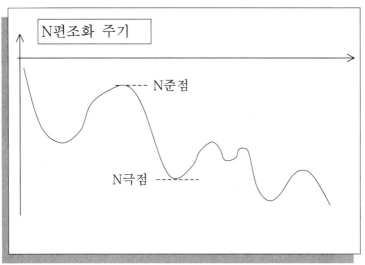

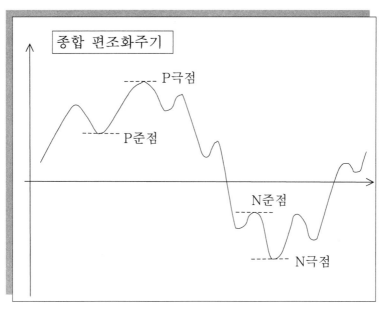

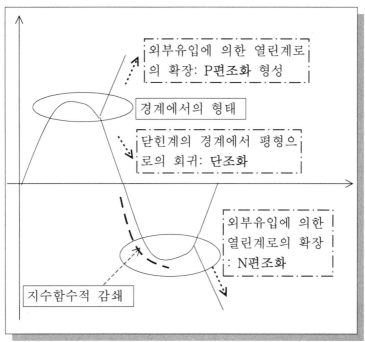

그림에서 준점과 극점의 연결을 직선으로 표시하였지만 사실은 그와 같은 선형적 증가가 아니고 연속과 불연속의 이음으로 되어 있다.

점선은 보통 생각되어지는 내재적 선형적 증가를 나타낸 것이고 굵은 선이 겉보기값의 시간에 따른 변화의 형태를 나타낸 것이다.

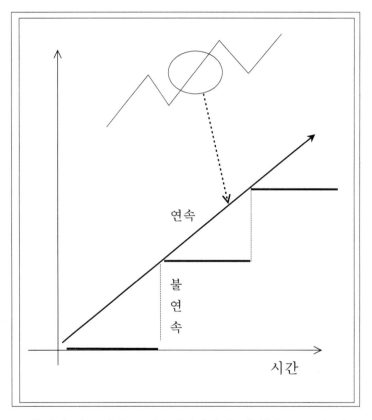

예)물의 온도변화는 연속적이지만 물이 얼음으로 될 때나 얼음이 녹아 물이 될 때는 딱딱한 얼음이 물렁거리다가

녹는 것이 아니라 불연속적으로 물로 변한다.

즉 물의 온도는 …-3도, -2.5도, -2도, -1도, 0도, +1도, +1.7도… 등과 같이 연속적이지만 상태 변화는 얼음에서 물로 불연속적 변화를 일으킨다.

불연속적 변화라는 것은 감각적 인지에서 보았을 경우에 역치가 형성되었다고 한다.

정의12-9. 역치(閾値 threshold): 어떤 변화에 대하여 감지할 수 있는 일정 크기의 값

정의12-10. 기본소자(素子): 더 이상 분해할 수 없는 가장 작은 기본적인 물질 또는 개념(resolution).

예) 밥을 먹을 경우 일정량 먹은 후 1숟가락을 더 먹으면 배부를 것 같고 1숟가락을 덜 먹으면 배고플 것 같은 시점에서의 식사량이 위장이 포만을 느낄(감지하는) 역치이다.

정의12-11. 불연속이란 증가 시 특정배수(역치)로 건너뛰어 증가되는 것을 말한다.

정리12-2-8. 감지(感知)성: 변화의 진행은 연속적인 값을 가지고 이 값이 역치를 넘어서는 감각적인지로 불연속 도약을 한다.

모든 물질의 기본단위는 기본소자인 것이다. 모든 물체는 기본소자를 가지고 있고 그것에 대한 더 이상의 분해는 무의미하다. 즉 굳이 극미(極微)의 존재 여부를 따질 필요가

없다. 그래서 물질의 궁극적인 구성 물질을 추구하는 것은
단지 인간의 호기심에 대한 행위인 것이다.

   예)라디오(radio)의 경우 1개가 기본 소자이다. 라디오
   반(半)개는 라디오로써의 존재가치가 전혀 없는 무의
   미한 것이다.

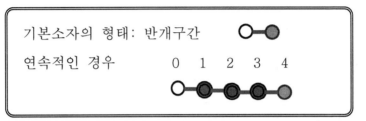

기본소자의 형태: 반개구간

연속적인 경우   0   1   2   3   4

   세상은 Analog처럼 보이지만 실제로는 Digital적인 불연
속의 세계인 것이다. 20대80 법칙이나 파레토법칙 등도 결
과로 나타나는 것들은 Digital적이기 때문이다.

   그 이유는 세계가 선형적(線形的)이지 않기 때문이다. 이
곳의 식당이 앞집의 식당보다 맛이 10% 더 있다고 하여 이
곳의 식당을 찾는 사람들이 10%만큼 더 많은 것은 아니다.
사람들은 그냥 이곳의 식당이 앞집 식당보다 더 맛있다고
하며 사람이 몰리는 것이다. 그래서 모든 물질의 궁극적인
기본입자가 무엇이냐는 탐구나 질문은 의미가 없다. 라디오
를 부셔서 그 근본물질을 찾아봤자 소리는 나오지 않는 법
이다. 기본소립자를 쪼개면 바로 진공 속으로 사라진다.

3)집합계의 완비성

집단이 한 계(닫힌계)를 형성하면서 이루어지는 가장 간단하고 명확한 법칙은 단조화 주기성(평등의 성질)을 가진다는 것이다. 그러나 세계는 변화와 변천을 거치면서 다양하게 바뀌게 되는데 이것은 단조화 주기를 기본 형태로 하는 편조화 주기를 형성한다는 것이다. MAGIMIN을 형성하는 기본은 '-1+1'(단조화)이 되지만 실제로는 세계의 추세성을 나타내는 정리12-2-7에 설명되어 있는 것처럼 편조화의 형태로'…3-2+5-1…'과 같이 세계는 변화하는 것이다.

이것은 모든 행위는 시차가 존재하며 각각의 시차는 행위의 종류 및 크기에 따라 다르기 때문에 세계는 닫힌계(안정)와 열린계(개혁)의 순차적인 행위이며 이것이 편조화 주기로 나타난다(그러나 **결국은 단조화 주기의 평등사상으로 끝나게 된다**). 따라서 편조화 주기는 단조화 주기에 의한 자기유사성을 가지게 된다.

세계의 변화 = 단(短)주기 닫힌계 + 장(長)주기 닫힌계

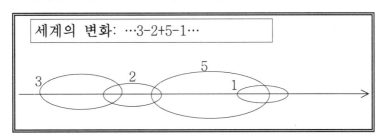

그리고 인생의 현재란 어느 한 닫힌계의 중간과정(그래서

열린계처럼 보이고 따라서 마치 인과법칙이 성립되지 않는 것처럼 보이는)에 있는 것이다.

세상을 변화시키는 초기의 원인은 비슷하다. 그러나 그 계(系)가 단주기의 구조를 가지고 있는가 또는 장주기의 구조를 가지고 있는가에 따라서 나타난 결과는 큰 차이가 있는 것이다.

예)고등학생인 경우 한 학기 열심히 공부하면 학기말 시험을 잘 보게 되는 것이고(단주기) 학교 전체시절에 열심히 공부하면 좋은 직장과 행복한 미래를 얻을 수 있게 된다(장주기).

정리12-2-9.세계의 구조성: 한 조직(구조)이 완비(完備)되었다는 것은 그 조직이 닫힌계이고 따라서 P와 N을 포함하고 그 특성은 M=aP*Ms∘bN으로 표현되는 MAGIMIN으로 나타낼 수 있다는 것이다(평형상태).

정의12-12: 세기변수)남에게 주어도 자신이 소유한 량의 감소가 없는 변수. 웃음, 촛불의 불

정의12-13: 수량변수)남에게 나누어 주면 자신이 손실이 되는 변수. 돈, 촛불의 초

정리12-2-10.세계의 복리(複利)성: 단주기 닫힌계의 행위는 단리(單利)로 끝나는 수량변수의 성질을 가지고 있고 장주기 닫힌계의 행위는 복리(複利)를 형성하는 세기변수의 성질을 가지고 있다(연결의 성립-가까워

짐).

그림에는 단주기와 장주기의 발생 관계를 나타내었다.

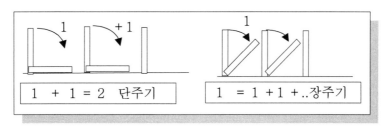

만약에 장주기를 일으킬(사건) 연결공간이 형성되지 않았
다면 사건은 단주기로 끝나게 된다.

상기와 같이 어떤 현상을 일으키는 원인은 똑같다('1').
그러나 그 계(계)가 단주기의 형태를 하고 있느냐 장주기의
형태를 하고 있느냐에 따라 나타난 결과는 큰 차이를 보이
게 된다.

예)산불이 날 경우 소규모 산불은 자주(단주기) 여러 번
일어날 수 있지만 오랫동안(장주기) 산불이 일어나지
않는 경우 대형 화재가 발생할 수 있다.

예)지진의 경우 큰 지진이건 작은 지진이건 원인은 똑같
은 정도의 크기이다. 그러나 작은 지진에 비해 큰 지
진의 발생은 지수함수의 비율로 드물게(장주기) 일어
난다. 그래서 지진에 있어서 상호작용이 지배적일 때
즉 세기변수의 성질을 가지는 경우에는 장주기의 특성
을 가지게 되어 큰 지진이 일어나게 되는 것이다.

예)북경의 나비의 날갯짓이 미국에 태풍을 가져온다고
하였는데 모든 경우가 이렇게 발생되면 세상은 무척
혼란과 파괴에 휩싸일 것이다. 북경의 나비가 날갯짓
을 해도 주변의 환경이 수량변수일 경우에는 단순한
날갯짓으로 끝나고 주변 환경이 세기변수일 경우에는
복리효과에 의해 미국에 태풍이 불게 된다.

정의12-14. 애버런치효과(Avalanche 눈사태효과): 상기
와 같이 정성변수에 의한 복리성으로 누적효과에 의해
단시간 내에 폭발적으로 붕괴되는 현상

그래서 닫힌계로 완비가 되는 세상은 가장 작은 극미(極
微)의 세계에서 가장 큰 우주도 이 MAGIMIN의 형식으로 나
타내어진다.

또한 세계의 추세로 한 조직이 붕괴되면 불연속의 도약에
의해 새로운 열린계가 형성 되었다가(N에 의하든 P에 의하
든) 다시 형성된 P 또는 N에 의해 닫힌계가 구성되며 이로
써 또 다른 조직이 일정기간 유지되는 것이다. 그리고 세계
의 추세는 전진(P형 경우) 또는 후퇴(N형 경우)는 극점으로
만 이루어지지 않고 반드시 준점(準点)을 거쳐서 이루어진
다(전진 시 2進1退, 후퇴 시 2退1進)

단조화주기의 순환구조를 가지는 집단은 닫힌계의 집단으
로써 길항성에 의해 그 계의 일정한 특성을 계속 유지하게
된다. 이것을 항상성(恒常性 Homeostasis)이라고 한다. 순

환구조는 수학적으로 말하면 원의 모양을 갖는다. 여기에는 두 가지로 선순환과 악순환이 있는데 이러한 원의 모형이 진행되면서 편조화 형태가 될 수 있다.

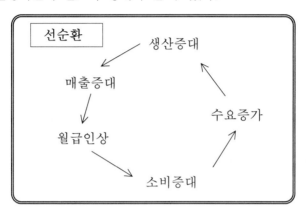

정의12-15. 선순환: 일정한 폐회로(단조화)를 그리는 사건의 연결구조에서 전(前)사건이 다음 사건을 도와주어 구조의 특성이 점점 좋아지는 지향적(편조화) 구조

정의12-16. 악순환: 선순환과 같으나 구조의 특성이 점점 나빠지는 지향적 구조

정의12-17. 버퍼(Buffer 완충): 순환계에 있어서 전체의 흐름을 조정하기 위하여 전단과 후단 사이에 설치한 완충구조. 가뭄을 대비한 저수지 같은 것.

정의12-18: 마중물 priming water) 계속적인 동작이 이루어질 수 있게 처음에 소모되는 것. 일종의 미끼 같은 것으로 투자적 성격이 있음.

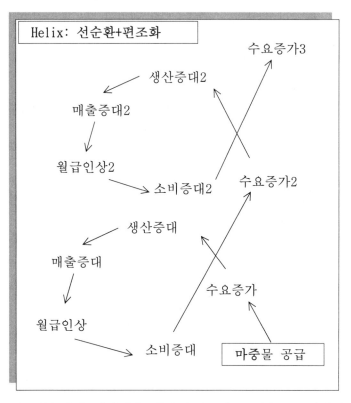

단조화순환이 항상성을 유지할 수 있는 것은 그 내부에 **완충**(Buffer)이라는 기능을 가지고 있기 때문이다.

선순환에는 두 가지 중요한 개념이 있는데, 하나는 선순환을 시동 거는 데 필요한 요소로 **마중물**(prime water)이 있어야 하고 또 다른 하나는 위험[악순환으로의 전환]에 대비한 **완충**(Buffer)을 가지는 것이다.

악순환의 경우에는 과감한 일부분의 삭제(**손절**)를 통해 악순환에서 빠져나와야 한다.

중국 진나라 말기 한나라와 초나라가 서로 전쟁을 하였

다. 이때 초나라의 항우는 한나라의 유방보다 가문 및 무예 등이 훨씬 뛰어났다. 그러나 결국 유방이 천하를 통일하였다. 그 이유는 항우는 자신의 재주만을 믿어서 훌륭한 부하(한신 등)들을 놓친 반면에 유방은 수하에 계속 훌륭한 장수를 얻었던 것이다. 즉 출발선상에서는 항우가 유비보다 한참 앞에 있었으나 유방은 선순환(2진1퇴)적 진격을 하였고 항우는 악순환(1진2퇴)의 퇴보를 한 것이다.

이러한 유방을 도와 한나라를 건국한 개국공신 중에는 한신과 소하가 있었다. 한신은 매우 뛰어난 장수로 유방을 도와 항우를 멸망시키는 데 결정적인 역할을 하였고 소하는 군량미의 보급을 맡은 참모였다. 그런데 한신은 자신의 부하 말을 듣지 않고 만용을 부리다(악순환) 결국 죽임을 당했다(유방의 입장에서의 손절행위). 그러나 소하는 부하의 조언을 잘 받아들여(선순환) 위기를 넘기고 한나라 초대 재상직을 잘 수행했던 것이다.

한나라 고조인 유방은 개국공신들을 많이 죽였다. 여기서 지혜 있는 자들은 시대의 변화를 읽어 살아남았고(장량과 소하) 그렇지 못한 자들은(한신과 팽월) 죽음을 당했다. 즉 전쟁 때 선순환의 역할을 하는 사람과 평화시절 선순환 역할을 하는 사람이 다르다는 것을 알지 못한 것이다. 이것이 구조 우위적인 개념이다.

4)조직(system)의 생애

-.단순 모형(Compact Mode)

모든 조직체(사람신체, 기업, 은행, 국가 등)의 일생을 보면 생주변멸(生住變滅)의 cycle을 가지게 된다.

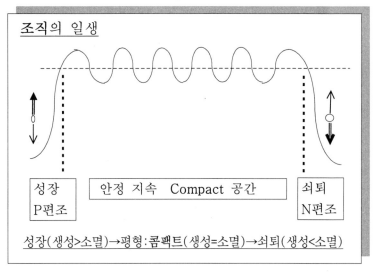

여기서 안정된 단주기운동을 하는 영역을 수학적으로 표현하여 **콤팩트**(compact)공간이라고 한다. 이것은 수학적 정의로 수직좌표로 보았을 시 유한개의 피복(덮음)이 가능한 집합이기 때문이다.

예: 은행) 은행의 일생을 보면 설립 초기에는 자본금을 들이고 일반인으로부터 예금을 받아들여 예치금이 급속히 올라간다. 이것이 그 계의 특성에 의해 일정수준이 되면 포화되어 닫힌계가 되면 그때부터 소량의 입금과 출금이 이루어지며 단조화주기의 자금수수가 이루어진

다. 이때에는 소량의 거래 덕분에 일정 예치금 이외의 금액을 활용가능하다. 그런데 의외의 금융사고가 발생되면 일정 예치금만으로 감당하지 못하여 전체 자산은 있으나 도산할 수가 있게 된다.

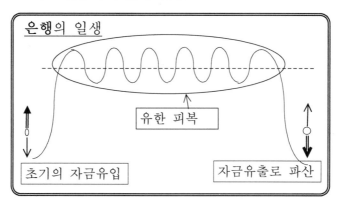

콤팩트공간은 폐집합이다. 따라서 경계를 갖는다.

정리12-2-11. 단주기 원리) 콤팩트 기간의 조직은 P와 N이 서로 균형을 맞추어 조화로워야 한다. 그래서 N보다 P가 강하면 N을 보충하든지 P를 일부 없애야 한다. 그 반대 경우도 마찬가지이다(실사허보 實瀉虛補).

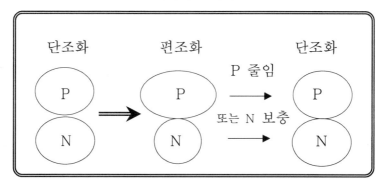

예: 한의학) 신체는 평형 안정 상태를 유지하는 것이 중 요하다. 그래서 병이 생기면 실사허보(實瀉虛補 실하 면 내보내고 허하면 보충한다)의 원리를 적용한다.

-.편조화 모형(Bias Mode)

조직체의 일생이 단순 주기의 차트 형태도 있지만 보다 복잡한 형태도 있다. 그것은 외부로부터의 자금 유입 또는 유출되는 모형으로 편조화(바이어스)공간이다. 편조화 공간 은 폐집합이 개집합으로 확장되는 형태이다. 그래서 경계가 없이 확장 가능한 방향성을 가진 차트의 형태를 보여준다.

바이어스 모형의 예는 상당히 많다, 폐쇄된 집단이 아닌 외부 세력이 자유로이 출입 퇴출 가능한 집단이면 얼마든지 바이어스(편조화) 모형으로 나타난다. 대표적인 것이 주식, 부동산, 환율시세 등이 있다.

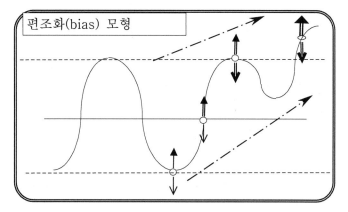

바이어스 모형이 큰 모양의 콤팩트 모형으로 이루게 되는 것은 대수의 법칙에 따라 많은 시행(또는 긴 시간)이 행하

여진 후에 이루어진다. 이것은 완비성의 법칙에 기인된다. 인간이 세운 많은 경우의 시스템은 사실 콤팩트 모형보다는 바이어스 모형의 경우가 더 많다.

정의12-19) 우월(적) 존재: 자연계의 비대칭(모든 것이 완전한 평형 상태가 아님)을 발생시키는 것

*바이어스 모형에서의 여러 법칙.

정리12-2-12.바이어스 모형이 생기는 이유는 평등의 깨짐, 즉 우월자(premier)가 생기기 때문이다.

정리12-2-13.자연[premier]는 **프리미엄**(premium 할증료)을 갖는다. 자연계와 인간계에는 반드시 우월자가 존재한다. 그 이유는 쌍대적이기 때문이다(우월-열등). 그러므로 **우월자의 존재를 파악**하고 특성을 알아 이용하는 것이 아주 중요하다.

참조)우월한 힘의 존재는 자연의 이법(理法)이다. 그것은 특정한 존재일 수도 있고 아닐 수도 있다. 로또의 당첨은 당첨자가 우월자이기 때문이 아니라 우월한 경우의 발생인 것이다.

정리12-2-14.바이어스 모형에서의 방향(상승방향 또는 하향방향)은 그 집단 내의 **우월자의 의도**에 의해 결정된다. 특히 에너지 소모가 적은 악재를 선호한다.

예)진화론에서 진화의 방향은 그 공간 내의 가장 우월종의 의지의 방향으로 진화가 이루어진다. 아름다운 꽃

은 자기 스스로 아름다워지려고 노력해서 아름답게 된 것이 아니라 종의 우월자인 인간이 아름다운 꽃을 원해서 그 방향으로 진행된 것이다. 적자생존이란 그 생태계의 가장 우월종에게 적합하여 생존되어진 것이다(바퀴벌레는 우월종의 관심에서 과거 수십만 년 동안은 무관심의 종이였기에 살아남은 것이다.)

예)주식의 방향(상승 또는 하락)은 그 경제 집단에서 가장 우월집단에 의해 결정된다.

예)물리학의 중력장 내에서의 운동은 각 물체의 만유인력보다 중력이 월등한 우월자이므로 지구의 중력에 영향권이 있는 물체들의 운동은 상대적 정상 운동법칙을 따른다.

정리12-2-15. 편조화 경우 **진행방향으로 높은 쪽**이 먼저 뛴다(바이어스 모형에서의 단조화 주기 이탈-봉차트 극대가 먼저 상승).

예)주식에서의 매수시점은 저항선이 깨지는 시점

예)부동산 급등 시 한 아파트 가격이 신고가가 되면 같은 집단의 아파트의 매매가로 결정된다.

정리12-2-16. 바이어스 모형에서의 편조화 성향(한쪽 방향으로의 진행)은 준값이 무너지지 않고 계속 높아간다(차트의 수평 점선).

예)주식에서의 매도시점은 지지선이 깨지는 시점

정리12-2-17.바이어스 모형에서 저항이 생길 시 완충영
역이 존재(P와 N 교차 횡보-일시적 콤팩트 공간 형성)
한 후 밑으로 조정받는다(전前 준점 근처까지).

정리12-2-18.한 쪽으로의 방향성이 이루어지면 그 방향
으로의 이점(利點)은 증폭되고 단점은 감추어진다.

예)어떤 주식이 오를 때 그 주식에 대한 호재는 민감
하게 악재는 둔감하고 반응한다.

예)어떤 사람이 싫어질 때에는 그 사람의 나쁜 행동에
대해서는 크게 반응하고 좋은 행동은 당연한 것으로
생각한다.

-.복합 모형(Helix Mode)

조직체의 일생은 편조화 모형에서 중간에 버퍼의 단순모
형이 존재하면서 앞으로 나가는 모형이 된다. 이것이 Helix
모형이다.

이러한 모형은 단순 주기의 콤팩트 모형을 따르지 않고
폐집합(콤팩트 공간)과 개집합(바이어스 공간)이 혼재된 모
양을 가진다. 콤팩트 모형에서 바이어스 모향으로 변환되고
어느 정도 방향성으로 진행되고 다시 콤팩트 모형 또는 준
점까지의 조정을 받다가 다시 바이어스 모형으로 진입된다.
이러한 사이클이 계속 반복된다. 밑의 차트를 입체적으로
그리면 나선 구조의 모양(helix)을 한다(선순환 차트 참
조).

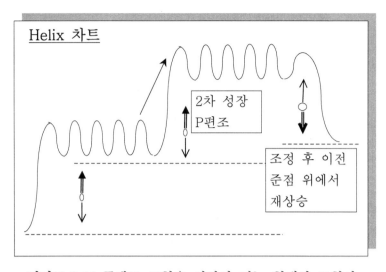

Helix 차트

2차 성장
P편조

조정 후 이전
준점 위에서
재상승

정리12-2-19.콤팩트 모형은 사람이 걷는 형태의 모형이
다. 그러나 바이어스 모형은 자전거를 타는 모형이다.
자전거는 페달을 계속 밟지 않으면 쓰러지게 된다. 인
류는 지금 모든 것이 자전거를 탄 복합모형이다. 각
기업의 경우 새로운 제품을 출시하지 못하면 문을 닫
는 경우가 생길 수 있는 것이다.

***이제 모든 것을 다시 정리하여보자.

*자연의 기본원리

　　: 세상은 이중쌍대구조를 가진 MAGIMIN 형식이다.

정리12-3-1: **평등과 보존**의 원리

　　닫힌계는 단조화로 평등과 보존의 성질을 가진다.

정리12-3-2: **효율과 복리**의 원리

　　먼저 손해 보면 나중에 더 큰 (시간적)이득을 본다.

*자연의 **실천원리**: 상충적(trade-off)구조

: 세상은 <u>안정과 자유의 상충적 이중쌍대구조</u>이다.

정리12-3-3: 대립쌍대의 차(差) 원리(정리12-3-1의 실천)

대립되는 쌍대의 차가 유의(有意)를 만든다.

정리12-3-4: **에너지소모 극소** 원리(정리12-3-2의 실천)

세상(삼라만상)은 **안정**한 것을 원한다(최소에너지).

정리12-3-5: 최대 **자유** 원리

세상은 최대한 자유로워지기를 원한다(엔트로피).

*부칙

정리12-3-6: 뭉침(클러스터) 원리: <u>닫힌계</u>는 긴 시간 많은 시료 경우 평등[보존]하지만 **짧은** 시간 **적은** 시료인 경우 집단적으로 뭉치는 **불평등**이 **지배**한다.

정리12-3-7.우월자 원리: 열린계는 편조화로 우월존재가 프리미엄을 갖는 구조이다. 자연(세상)은 평등과 불평등은 반복하고 그것은 **우월**한 것이 있기 때문이다.

정리12-3-8.악재우월의 법칙: 악재는 선재를 몰아낸다.

그것은 악재가 에너지소모 극소가 되기 때문이다.

정리12-3-9.자연물 형성 원리: 물질적, 추상적 모든 자연의 **현상체**는 본시 평등한 **줄기체**와 일종의 설계 역할을 하는 **씨알체**에 의해 만들어진다.

정리12-3-10.현상체는 체(体)와 용(用)으로 이루어졌다.

3. 집단의 특성: 구조우위론

어떤 조직 또는 사회적 형성이 이루어지는 곳에서는 그 집단이 닫힌계가 되며 닫힌계의 주기적 특성에 의해 구조가 형성되며(ORGANIZATION 즉 MAGIMIN) 그것이 바로 그 사회를 이끌어 나갈 수 있다는 것이다.

즉 적자생존이 되기 위해서는 어떤 구조가 형성이 되어 그곳에서는 논리적이든 비논리적이든 간에 그 사회가 이끌어질 수 있게 형성이 된다는 것이다. 이것이 바로 구조 우위론이다. 이런 구조론은 바로 P의 개념과 N의 개념이 서로 CONJUGATE된 P-N-MAGIMIN이 형성 되는 것을 뜻한다.

예)고속도로 상에 차를 몰 경우 반드시 규정을 지키는 것만이 안전하다고 할 수 없다. 물 흐르듯이 주위 차의 속도와 맞추어서 (이것이 바로 고속도로 상의 구조인 것이다.) 속력을 내어야 안전하다. 그것이 바로 적자생존이 되는 것이다. 이 적자생존은 바로 물 흐르는 듯한 구조에 순응을 하여야 하는 것이다.

예)술병에 술이 절반 있을 경우 '남은 술을' 보고 '술이 절반이나 남았구나' 하는 경우도 있고 '남은 절반 빈곳'을 보고 '술이 절반 밖에 안 남았구나' 한다. 구조를 어떤 관점에서 구성하느냐에 따라 정보량이 달라진다.

예)인류 역사상 가장 위대한 발견의 하나가 다윈의 진화론이다. 그런데 다윈이 말하는 진화는 '앞으로 더 좋게 발전한다.'는 의미가 아니다. 여기서의 진화는 환경과 경쟁에 적응하고 살아남기 위해서 신체적 구조를 (좋게 든 나쁘게 든)바꾸어 간다는 것이다. 이러한 변이(變異)등을 통해 계속 살아남아 종족을 이어가는 것이다. 즉 당장에 이로운 유전자에 대해서는 곧바로 채택하였으나 합리적이지만 장기적인 것에 대해서는 계속 뒤로 미루거나 없애버린 것이다. 인간도 마찬가지이다.

아주 쉬운 예로 컴퓨터 자판을 보면 알 수 있다. 현재 우리가 쓰는 자판은 과거에 타자기 시절부터 있어왔던 것으로 QWERTY자판이라 하는데 사실 무척 불편하다. 그래서 누군가가 인체공학을 이용한 편리한 자판을 만들었다. 그러나 결국은 사람들이 과거의 자판을 선호하는 바람에 새로운 자판은 없어지고 말았다.

인과응보에 우선하는 법칙은 적자생존이고 적자생존에 우선하는 법칙은 구조 우위론이다(적자생존은 그 계의 구조에 적응되어야 하기 때문에). 어느 것이 자연의 기본 법칙이며 우리가 생각하는 상식이라는 개념이 일반적으로 통할 수 있는 법칙인가 하는 것은 바로 그 사회적 시대적 구조에 따라 변할 수 있다는 것이다. 물론 기본원리는 같을지언정 구조에 따라 약간씩의 변화성을 반드시 내재하고 있는 것이다.

시간의 차(시차)가 **유위**를 발생시킨다면 공간의 차이가 **존**

재를 발생시킨다. 즉 동일공간에 두 물체가 동시에 존재할 수 없다는 것이다. 이 또한 MAGIMIN으로 표현된다. 이러한 구조식 MAGIMIN은 그 집단의 특성을 결정지으며 구조의 우위적 성격을 띠게 된다. 구조우위라는 것은 우리가 말하는 상식이니 진리라는 것이(물론 그 본질은 불변하는 것이겠지만) 사회형태, 집단의 구조 등등 각 어떤 고유 특성을 가지는 두 가지 이상이 결합되어 형성된 조직은 그 고유의 구조로 인하여 적용되는 상식이나 진리가 약간씩 다른 형태로 나타내 진다는 것이다. 따라서 그 고유 구조에 적응되는 것만이 그 집단에서 살아남을 수 있다(적자생존). 예를 들어 유치원을 다니는 어린아이의 행동이 유치원에서의 행동과 가정에서의 행동이 다른 것은 각 집단의 구조가 다르기 때문이다. 이러한 구조적인 차이로 인해 내 자신이 굉장히 소중하게 생각되는 것에 대해 타인은 하찮게 볼 수 있고 타인이 중요하게 생각하는 것에 대해 나는 별로 중요치 않게 볼 수 있다.

그러므로 대인 관계에 있어서 내가 이것이 중요하니 너도 중요하게 해달라고 강요할 필요가 없는 것이다. 그것이 진짜 중요한지는 각자 스스로가 깨우쳐야 하는 것이다. 여기에 있어서 근본원리는 각자의 구조 즉 스스로의 자존심인 것이다. 따라서 하찮은 일에도 살인이 날 수 있는 것은 이러한 서로들의 관념 및 구조 차이로써 그 기본이 되는 것을 무시하였기 때문인 것이다. 그러므로 국가와 국가 간, 집단과 집단간 개인과 개인 간의 다툼은 바로 이러한 생존이 깔려있는 근본적인 구조의 차이가 있기 때문인 것이다.

이러한 적자생존의 구조우위론은 여러 가지 역사적 관점에서도 많이 증명된다. 한나라를 세운 고조 유방, 명나라를 세운 주원장, 청나라 때 옹정제 등은 자신이 국가를 세우거나 황제가 된 후 자신을 도와준 사람들을 무참히 살해했다. 도덕적 윤리관으로 볼 때는 위의 황제들은 분명히 비도덕적인 사람인 것임에는 틀림이 없다. 즉 인과응보를 기준으로 하는 논공행상에서 볼 때 적절하지 못한 것이었다.

그러나 구조 우위론으로 볼 때는 그것은 매우 자연스러운 것이다. 천하 통일 전에는 전쟁의 구조이기 때문에 장수들이 필요한 구조였으나 천하가 통일이 되어 평화시절에는 싸움 잘하는 장수가 필요 없게 되는 것이다.

즉 천하를 지배하는 이에게는 천하의 질서를 유지할 의무가 주어진다. 이러한 구조우위론의 구조는 각개 집단마다 그 고유의 구조를 가지고 있고 따라서 그 집단에서는 그 구조에 순응할 수밖에 없다.

세상의 이치는 항상 상대적이다. 어떤 경우에는 A가 옳지만 또 다른 경우에는 A의 반대(상대)가 옳게 된다. 즉 각 구조에 합당하여야 한다. 따라서 어떤 것이 옳으냐(중요하냐)가 아니라 어떤 것의 수준(구조)이 어떠한가에 따라 적정한 이치를 적용해야 하는 것이다. 이것이 구조우위론이다. 너무

맑은 물에서는 고기가 살 수 없다. 고기가 살 수 있는 물의 구조를 만들어주어야 한다. 제갈공명의 뛰어난 점은 적장들의 수준(구조)를 잘 파악하여 적절한 병법을 구사했다는 점이다. 그래서 손자병법에 '적을 알고 나를 알면 백번 싸워도 위태롭지 않다(이긴다는 것이 아님).'는 것은 적의 수준과 나의 수준을 알아 적절히 병법을 구사한다는 것이다.

이러한 구조를 바꾸기 위해서는 상당한 노력과 시간이 요구되는 것이다. 따라서 개혁이라는 것은 절대 단 시간 내 이루어지는 것이 아니라 주변 환경 여건 등이 점진적으로 변화를 가져다주어야 하는 것이다, (즉 궁즉통이 아닌 궁즉변 변즉통) 이것은 과거역사를 돌아보면 조선시대의 개혁선비인 조광조 등의 급진개혁세력이 성공을 하지 못한 이유가 되는 것이다. 개혁파들이 급진세력이 되는 이유는 현 체제가 나쁘다고 보고 이를 바꾸려 하기 때문이다. 그러나 모든 체제들은 처음 만들 때 다 나름대로의 이유가 있었다. 그러므로 개혁은 처음부터 나빴던 것을 바꾸는 것이 아니라 처음에는 좋았지만 세월이 흘러 나빠진 것을 고쳐야 하는 것이다.

그래서 여러 가지 기준설정에 의해 다양한 행위(유위)가 발생된다. 나의 기준에서 소중한 것도 다른 사람의 기준에는 하찮은 것이 얼마든지 될 수 있다. 우리가 이런 기준의 변경에 의한 사고의 변환을 코페르니쿠스적 발상이라고 한다. 태양계의 움직임이 코페르니쿠스의 지동설로써의 모형이 맞고

프톨레마이오스의 천동설로써의 모형이 틀린 것은 아니다 (물론 지구가 중심이라는 것은 틀린 가정이지만). 다만 프톨레마이오스는 지구를 중심으로 천체의 운동을 기술했고 코페르니쿠스는 똑같은 운동을 태양을 중심으로 기술하였던 것이다. 그런데 그 결과는 어떠한가? 코페르니쿠스의 모형이 훨씬 아름답고 간결하고 추후 예측까지 할 수 있게 된 것이다. 기준 설정의 차이가 엄청난 차이를 가져다주는 것이다. 멘델레프의 주기율표도 마찬가지이다. 그전까지 복잡다단한 것을 최외각 전자수라는 기준으로 재배열한 결과 훌륭한 업적을 남기게 된 것이다. 이 기준 설정은 경우에 따라 바뀔 수 있는 것이다. 예를 들면 일반운동을 표시하기 위해서는 직각좌표계가 아주 뛰어나지만 전자기 이론에서는 다른 좌표계 (극좌표나 원추좌표)로 표현하여야 더 간단명료할 수 있다.

한 생각(기준)만 돌이키면 바로 천당이 거기인데

그 한 생각을 돌이키지 못하여 이렇게 고생하는구나.

그래서 그 조직 내에 법과 제도의 구조를 만들어 이에 의해 사회 형태를 만들면 사람들은 '아 여기서는 이렇게 해야 되는구나'에서 더 나아가 '아 세상사는 것은 이런 것이 옳은 방법이구나' 하고 구조에 의해 '스스로' 느끼게 되어 그 구조에 순응하는 것이다. 즉 먼저 그 집단의 구조를 형성하는 것이 가장 우선인 것이다. 요순시대에 길거리에 물건이 떨어져 있어도 아무도 줍지 않는 것은 그 시대에 누구나 그

렇게 하고 그래야 된다고 믿는 구조가 이루어 졌기 때문이다. 이러한 (사회적) 구조야 말로 그 집단에 있어서 선행되는 가장 중요한 것이다.

태어난 이상에는 아니 더 포괄적인 표현으로 생겨난 이상에는 자연의 이법(理法)을 따라야 한다. 사자가 사슴을 잡아 먹는 것은 자연의 이법이다. 성선설(유가)이든 성악설(법가)이든 그것은 한쪽 면에서만 본 것에 불과하다. 쇠고기를 먹기 위해서는 소를 죽일 수밖에 없지 않겠는가? 그것이 단지 다른 사람의 손을 빌렸을 뿐 결국은 자기가 원인 제공을 한 것이다. 소를 죽인 사람은 소에 대해서는 악행(?)을 저질렀지만 사람에 대해서는 힘든 일을 대신 해준 착한(?) 사람인 것이다. 따라서 풀뿌리만 먹는다면야 덕(德)이 중요 하겠지만 고기도 먹기 위해서는 법과 체제가 필요하다. 이 법과 체제가 일종의 구조인 것이다

우리가 효율극대화의 행동을 원하지만 현실적으로는 불균형에 의해 비효율적인 행위가 이루어진다. 이것은 각 집단이나 시스템은 자기 본연의 구조를 가지고 있어서 그것이 비효율적이라도 구조의 지배를 받는다는 것이다. 예를 들은 타자기 자판 경우 과거의 자판이 비효율적이어도 많은 사람이 오랜 기간 동안 사용해 와서 구조우위가 되어버린 것이다.

또한 효율가치 등을 기초로 이론적인 매매를 구사한 경제학자가 주식시장에서 실패하는 이유가 비효율적인 시장의 구

조(긴 시간으로 보았을 시는 균형을 찾아오지만)를 간과했기 때문이다. 따라서 한 집단(가정 또는 국가)이 잘 되기 위해서는 그 집단내의 고유 구조를 잘 가져가야 하는 것이다. 효율적 행위(도덕적 행위)가 그 집단 내 고유의 구조로 이루어질 때 모두가 도덕적으로 잘 살게 되는 것이다.

구조우위에 대한 예를 중국의 삼국지를 통해 이야기해보자. 적벽대전에서 패한 조조가 도망가는 도중에 쌍갈래길이 나온다. 이때 한쪽 길은 중간에 연기가 나고 있고 다른 쪽 길은 연기가 나고 있지 않고 있다. 그러면 조조는 과연 어느 길을 택할 것이며 제갈공명은 어느 길에 군사를 배치하여 조조를 잡을 것인가? 조조의 입장에서 생각해 보자.

1. 연기 나는 쪽에 군사가 있으니 안 나는 쪽으로 가자.

2. 아니다. 제갈공명이 이미 계책을 써서 일부러 연기를 피우고 실제로는 연기 안 나는 쪽에 군사를 배치했으니 연기 나는 쪽으로 가자.

3. 아니다. 제갈공명은 나(조조)를 잘 알고 있는 인물이니 연기 나는 쪽으로 가자.

4. 아니다. 그 정도는 충분히 생각하고 있으니

5. 아니다……

상기의 여러 경우를 따져 보았으나 확실히 어느 길을 취할 것인가는 결정하기가 힘들다. 그러나 제갈공명은 조조가 2번을 택하리라는 것을 알고 연기가 나는 쪽에 군사를 배치하였

다. 즉 제갈공명은 조조의 마음의 수준, 즉 구조를 읽은 것
이다. 제갈공명 병법이 신출귀몰하다는 것은 적장(敵將)들의
마음의 구조를 읽고 그에 맞추어 병법을 구사했기 때문이다.

물질의 구조에 있어서 가장 기본적인 것은 수소원자의 모
형이다. 이것을 시작으로 차츰 복잡한 원자들의 궤도를 확장
시켜 나간다. 생물은 박테리오파지(Bacteriophage 박테리아
를 잡아먹는 바이러스의 일종)가 가장 기본적인 생명체인 것
이다. 생물은 원생생물일 경우 단일 세포로 구성되어 있으나
점점 고등 생물로 갈수로 세포수가 늘어나며 크기가 커진다.
세포수가 증가하다가 또한 다시 세포들의 기능이 분화(分化)
되면서 복잡한 기능을 수행할 수 있게 된다. 개미라는 동물
은 세포의 분화에 의한 분업(分業)이 가장 발달한 생물의 하
나로써 일개미는 평생 일이라는 분업에 종사하도록 세포의
기능이 형성되었고 병정개미는 전투력이 뛰어나 자신의 집단
을 지키는데 기여하게끔 태생적으로 정해져 있다. 이렇게 원
생생물에서 고등생물로 진화되면서 세포의 기능이 다양해지
고 따라서 생물 신체의 조직 통제방법도 바뀌게 된다.
　　조직의 통제관리 체제는 크게 두 가지로 나눌 수 있다. 하
나는 변화에 대한 감지를 받아들이는 말단부위 자체의
Feedback 시스템에 의해 조정 관리되는 방식이고 다른 하나
는 중앙통제 시스템이 구축되어 있어 조직 전반을 중앙에서

관리 처리하는 것으로 동물에 있어서는 머리의 뇌(腦)가 그 기능을 담당하고 있는 것이다.

생물은 세포의 기능에 대한 분화가 적은 원생생물인 경우에는 말단의 Feedback 시스템에 의해 조직이 통제되지만 고등동물로 갈수록 뇌의 기능의 분화가 이루어져 점점 중앙처리 시스템의 체제로 진화된 것이다. 그 중에서 가장 진화된 것이 사람이다(여기서 기억해야할 것은 진화란 반드시 좋은 방향으로 진행되는 것만은 아니라는 것을 명심해야 한다).

Feedback 관리체제에 있어서는 기억소자(Memory)의 필요성이 없었으나 중앙처리 체제로 진화하면서 기억소자의 기능이 절실히 요구되었고 이러한 세포의 기억소자기능으로의 분화가 촉진되었다. 이로 인해 지식의 축적을 가져왔고 따라서 인간은 모든 동물보다 뛰어난 기능을 보유하게 된 것이다.

그러나 이러한 뇌의 발달은 인간에게 명시지(明示智)의 발달을 가져오면서 선입견, (과거 기억에 대한)두려움, 편견 등의 부작용을 유발하였다. 이른바 명장(名匠)들의 신기한 기술은 암묵지(暗黙智)로써 이것은 말단 Feedback 통제에 의한 기술행위라 할 수 있다. 즉 흔히 말하는 동물적 감각인 것이다. 과연 어떤 구조가 더 유효한 것일까?

단조화 주기의 균형 있는 폐집합에서는 상생상극이 적용되어 서로 상보성(相補性)을 가지고 있으나 상하의 구분이 되어있는 조직의 경우에는 다르다.

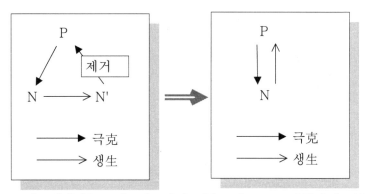

상보성에서는 P가 N을 이길 경우 N은 N'로 변환하면 P를 이길 수 있다. 그러나 조직에서 P를 좌장(座長)으로 보았을 시 주(主)에 해당하는 P를 N이 이기는 경우가 발생하지 않으므로 단순히 극, 생의 경우가 발생되며 이는 곧 체(体)와 용(用)의 논리가 된다.

균형: **평등**은 상생상극의 오행원리,

조직: **질서**(효율)는 체용(体用)의 원리

조직사회에서의 체용에 관한 정리를 좀 더 기술하여 보자.

이러한 상하관계의 조직은 아래의 논리가 적용된다.

주부(主副)의 원리

-1.주주부부(主主副副): 주는 주답게 부는 부답게

예)왕은 왕다워야 하며 신하는 신하다워야 한다(직분).

예)가격이 저렴한 시계의 경우는 시간이 잘 맞는 것이 주가 되지만 고가의 시계인 경우는 시간의 정확성이 주가 아니라(물론 정확한 것이 필요조건이지만) 화려함이 주가 된다.

-2.주선부후(主先副後):주가 우선이고 부가 나중이다. 먼저 주(主)를 행하면 부(副)는 따라오게 되어 있으나 부는 먼저 해도 주가 따라오지 않는다.

　예)운동을 배울 때 기초체력[주主]를 먼저[선先] 단련한 후(後)에 기술[부副]을 익혀야 한다.

　예)먼저 부지런하면 돈은 따라오지만 돈이 많다고 부지런함이 따라오지는 않는다.

-3.주극부생(主克副生): 집단의 주(主)인 체는 부(副)인 용을 이기고 용은 체를 도와주어야 한다.

　예)한 집단에서 Top은 부하들을 잘 관리[克]하고 부하들은 Top을 도와[生]주어야 한다.

-4.주장부단(主長副短): 주된 것은 길게 가져가고 부차적인 것은 짧게 가져가야 한다.

　예)주식에서 이익은 길게 손실은 짧게 가져가라.

　예)자식을 교육할 때 칭찬은 길게 자주 야단은 짧게 강하게 하여야 한다.

치국(治國 조직론)

　기본원리: 치국은 용인(用人)이다. 사람을 쓰는 기술이다.

　실행원리: 공(功)이 있으면 금전으로 보상하고, 능력이 있을 경우에**만** 각 재능에 맞는 관직을 부여하라.

과거 조직이나 나라를 세우고 그때 도운 개국공신에 대하여 능력이 없는데도 관직에 오르게 하여 수많은 폐단을 야기했다. 권력이란 양날의 검(劍)과도 같은 것이다. 잘 쓰면 활인 검(活人劍)이요, 잘못 쓰면 많은 사람을 토탄에 빠지게 하는 살인검(殺人劍)이 된다. 그러니 사람을 쓸 때는 조심하고 또 조심하여 각자 능력에 맞는 관직을 주어야 한다.

부칙: 관직에 있는 사람에게 (욕심내지 않도록) 최대한의 편의와 금전을 제공하라. 단 권력을 이용한 부정을 저질 렀을 경우에는 최대한의 징벌을 가한다.

그래서 고위 관직자에게는 그 지위에 맞는 대우를 해주어 야 한다. 관용차량이 아닌 개인차량, 전용 운전사, 헬스회원 권, 기타 회원권 등 최대한 나쁜 생각이 들지 않게 편의를 제공해야 한다. 대신 확실한 능력으로 좋은 업무 결과물이 나오게 해야 하고 죄를 지으면 혹독한 처벌을 해야 한다.

관직에 대한 매점매석이 가장 안 좋은 행위이다. 돈으로 관직을 산 사람이 자신이 원하는 관직에 오르면 무슨 일을 맨 먼저 하겠는가? 자기가 들인 돈만큼, 아니 그 이상을 원 하게 되고 이는 너무나 불을 보듯 당연한 광경이다.

이 세상에 청렴결백한 고위 관직자는 10명에 1명도 나오기 힘들다. 그것은 악재가 선재를 몰아내기 때문이다. 권력이란 속성상 나눌 수 없다. 인정해야 한다. 인정 못할 경우 온갖 혼란이 발생된다. 부동산의 경우 주택은 주거의 용도이지 투 기의 용도가 되어서는 안 된다. 그러나 초기 정책의 잘못으 로 투기화 되었을 시 즉 악재화로 진행되었을 시 이것이 부당하다고 양도소득세 등으로 잡으려고 하면 더욱 더 부작용만 생긴다. 전 정책의 잘못은 그대로 인정하고 그 다음부터 확실히 잡고 나가야 한다. 사람의 욕심은 천성이다. 어쩔 수 없는 것이다. 다만 어느 정도 제어하게 하는 것이 최선이다.

부정의 대부분이 금전 이득을 위한 것이다. 금전이득이 없으면 부정의 의미가 없다. 따라서 부정행위의 1차적 응징은 부당이득 환수이다(단 주택의 양도소득 인상은 공급축소를 가져와 예외). 이 사항을 위정자들이 모르는 것이 아니다. 다만 그들도 부정행위 당사자가 될 가능성(이것은 권력을 가진 인간의 본성)이 있기 때문에 자승자박하지 않는 것이다.

우리 헌법10조에 '모든 국민은 존엄과 가치를 가지며 국가가 보장할 의무를 진다.'고 되어 있는데 실제로는(법적 판결) 모든 국민이 아닌 가해자 위주로 시행되고 있다. 초법이라, 심신미약이라, 정신이 혼미한 상태에서, 등의 이유로 형량을 낮추는데 사실 초범이니 더욱 재범을 방지해야 하고, 심신미약이니 재범의 우려가 더욱 높은 것이므로 더욱 엄한 형벌이 가해져야 한다. 우리나라는 악한 자에게는 관대하고 선한 사람에게는 엄격한 법의 체제를 가지고 있어서 더욱 악한 행동을 하게 한다. 즉 악재가 선재를 몰아낸다.

법의 시행은 철저히 **피해자의 관점**에서 시행되어야 한다.

여담)친구한테서 천당과 지옥에 관해 이런 이야기를 들었다.
천당과 지옥이 특별히 다른 것은 없고 다만 모든 사람이 팔
을 굽힐 수 없게 팔에 긴 막대를 묶어놓았다 한다. 즉 상황
은 양쪽 다 똑같다. 그런데 천당에 있는 사람은 서로 상대방
에게 음식을 먹여주는 반면에 지옥에 있는 사람은 자기만 먹
으려 애쓰다가 못 먹게 된다는 것이다. 결국은 행복은 모든
사람들 간의 화합이다.

제2장

여러 분야로의 적용

세상의 이치를
여러 가지로 표현할 수 있지만
결국은 하나로 귀결된다.

1. 자연과학

-1.기본역학

인간이 만든 모든 것은 하나의 예술이라고 할 수 있다. 그것은 미술이나 음악 등에만 국한 하지 않는다. 자연의 아름다운 소리를 인간은 음악으로 표현하고 있고 자연의 아름다운 모습을 미술로 표현 하고 있다. 물론 자연의 일부인 인간의 내면세계도 역시 예술로 표현하고 있다. 과학 역시 자연의 아름다운 조화를 수식으로 표현하는 것이다. 어떻게 것이 과학자의 고민인 것이다. 이 자연이 가진 구조를 어떻게 간결하고 명료하게 표현할 수 있고 또 추후 예측할 수 있겠는가 하는 것이 학문의 목적인 것이다. 구조를 설명하는데 무엇이 가장 중요한가? 그것은 **기준**이다. 즉 무엇을 표현하면 자연의 아름다운 원리에 부합할 수 있을까 하는 기준으로 구조를 설명하느냐에 따라 그 구조의 모양이 천차만별이 되는 것이다(천동설과 지동설의 차이를 생각해보면 잘 알 수 있다). 이 기준을 설정하는 것은 참으로 중요하고도 어려운 일이다. 기준을 설정함으로써 다음에 **분류**에 들어 갈 수 있기 때문이다. 수학에 있어서는 기준에 의해 집합이 정의되고 분류는 부분집합에 의해 가능해 진다. 부분집합은 수학 상의 군(Group)에서 부분군에 대한 개념의 확장이다.

자연계의 여러 현상을 설명하고 탐구하는 방법 중 하나가 블랙박스라는 개념이 있다. 이것은 검은 상자 속에 어떤 물질이 들어있는지는 잘 모르지만 외부에서 여러 가지의 자극 즉 흔들어보거나 떨어뜨리거나 등의 여러 행위에 대해 안의 물질이 반응하는 결과를 토대로 분석하는 것이다. 여기에 변수를 책정하고 그 각 변수의 크기를 분류함으로써 물질의 특성을 알아내고 이를 이용해 향후 예측 가능하게 하는 것이다. 세계는 물리적 법칙을 기술할 때 닫힌계A와 그 외부로써 전체우주(Universal)에 포함되는 나머지(A^c)로 구분할 수 있다. $U = A + A^c$

정리21-1.평등의 원칙: **에너지 및 물질 보존칙**

닫힌계(A)에서는 평등이 이루어지는 것과 같이 자연계에서는 물질(총량)과 에너지 보존칙이 성립된다.

정리21-2.질서(효율)의 원칙: **최소에너지 소모의 원리**

-1.**최소안정**의 원리: 안정 상태를 원함

-2.**최대자유**의 원리: 물체는 저항이 적은 쪽으로 운동하려는 성질이 있다(엔트로피).

참조)엔트로피는 자유도(mfp)의 개념이다. 그래서 볼츠만의 통계역학이 나올 수 있다.

덧셈[加法]이 적용된다는 것은 공간성 즉 한 장소에 두 가지 물건이 동시에 존재하지 않는다는 뜻이 된다. 이러한 가법(加法)이 적용되는 변수는 공간성 말고 시간성이 또 있

다. 따라서 물리적 변수는 공간적 시간적 수치를 기본 단위
로 할 때

  -. 단위 거리당의 작용 : 운동량

  -. 단위 시간당의 작용 : ENERGY

  -. 단위 거리당 단위 시간당의 작용 : FORCE

물리학에 관한 것을 MAGIMIN방정식으로 표현하여 보면

  M= Ø a * L × Ø b 인 관계식에서 P = T*F*S 가 된다.

여기서의 작용을 PHYSANT라고 명명하면

  PHYSANT: P = T*F*S

        = T*E(에너지)

        = P*S(운동량)가 된다.

이 PHYSANT는 자연의 속성을 나타내는 물리량이 된다. 양자
역학적 물리량의 한계를 나타내는 PLANK 상수 h는 물리적
상황에 대한 자연의 한계 값으로 PHYSANT량인 tFs = h 가
된다. 즉 △tE = h, P△s = h 로 표현되는 불확정성 원
리인 것이다.

    부칙)자연계는 작용(PHYSANT tFs)이 최소(로 소모되는)
      인 상태를 원한다.

    1.퍼텐셜을 가진 운동계: **물체는 최소(퍼텐셜)에너지
      상태를 추구한다.** 이때 상태함수인 퍼텐셜에너지(U)
      가 진행방향에 중요한 역할을 한다. 최소에너지상태
      를 원하는 경우 반응식에서 나중값이 처음값보다 작

어야(최소) 한다.

즉 Δ값=(나중값-처음값)< 0

수식표현으로 **자발적 반응의 조건은** $\Delta U < 0$ 이다.

*그래서 물체가 일정한 운동경로(path)를 따라

-일정한 속도로 운동할 경우 **최단거리**를 택한다.

-경로에 따라 속도가 변할 경우에는 **최단시간**을 택하
게 된다(빛이 여러 매질을 통과할 경우-페르마).

1-1.중력장: 낮음mgh_B-높음mgh_A< 0 이 자발적 반응.

1-2.전기장: 저전위qV_B-고전위qV_A)< 0 이 자발적.

1-3.빛의 진행경로(Ferma의 원리): 빛이 진행시는 동일
매질에서는 직진(공간변수 s)하지만 굴절률이 다른
매질을 통과할 경우에는 전체경로에서 시간(시간변
수 t)이 가장 적게 드는 경로를 선택한다.

최단시간으로 진행되는 위치에서 빛의 양이 긴 시간
으로 보았을 시 가장 많기 때문에 그 위치에서 상
(像)이 보이게 되는 것이다.

1-4.산화환원반응: 자연계에 존재하는 여러 물질들은
대체적으로 산화물 상태로 존재한다. 즉 원소상태보
다는 산화된 상태가 에너지 측면에서 안정되고 최소
에너지 상태를 유지하게 된다.

그래서 산화환원전위가 낮은(A)물질(또는 금속)은
높은(B)물질에 대해 전자이동(산화)이 일어난다. 산

화환원전위가 높은 물질이 낮은 퍼텐셜상태이다.

즉 (VB-VA)< 0

1-5.평형으로의 복귀력

자연계는 평형상태에서 외부 힘의 작용으로 변화(⊿)가 발생되었을 시 다시 평형으로 돌아가려는 성질(변화를 없애려는 방향)이 있다. 증가 또는 감소에 대해 감소 또는 증가되는 방향으로 진행된다는 것이다. ⊿값(Value)→0

  1-5-1.화학평형의 르샤틀리에 법칙

  1-5-2.자기력의 렌츠의 법칙

2.열을 수반한 운동계

자연계에서 일어나는 여러 가지 반응은 역학적 에너지보존 즉 가역적 반응 이외에 열을 수반하여 진행되는 비가역적 반응이 있다. 비가역의 경우 에너지 변환이 일어날 시 에너지 일부가 열로 변환되는데 이런 변환(온도)을 최소화하는 방향 즉 최대로 자유로워지는 방향으로 진행되는 것이 열역학 제2법칙으로 자연의 순환성을 설명한다.

- 엔트로피 증가의 법칙(열역학 제2법칙)

-2.흐름 역학

*1.에너지라는 물리량은 그 자체로는 어떤 운동성을 나타내

지 못한다. '에너지E = 힘F x 거리D'에서 E 만한 크기의 에너지는 F만한 힘으로 물체를 거리D만큼 이동시킬 수 있는 능력이다. 실제로 물체를 이동시키는(관성을 변화 시키는) 물리량은 힘이며 이 힘은 두 에너지의 차로 나타낼 수 있다. 즉 차(差)가 있어야 힘이 발생되는 것이다. 이러한 이동을 흐름이라고 한다.

흐름력(力)= (흐름에 대한)저항 x 흐름의 정도

　-.열의 이동: 고온에서 저온으로

　-.공기의 이동(바람): 고기압에서 저기압으로

자연계에 존재하는 에너지는 크게 두 종류가 있다. 퍼텐셜을 가진 운동계인 일반에너지(운동에너지+퍼텐셜에너지)와 퍼텐셜(잠재적 에너지 potential)을 갖지 않는 열(熱 thermal force)을 수반하는 운동계로 나뉠 수 있다. 그래서 자연계의 물질은 두 가지의 관성(慣性)을 가지게 되는데 운동에너지에 대한 관성이 질량이고 열에너지에 대한 관성이 비열(比熱)인 것이다. 즉 큰 관성질량m[비열c]이란 일정한 힘F[열량Q]을 가했을 때 속도변화(가속도a)[온도변화ΔT]가 작다는 것을 의미한다. 이것을 공식으로 유도하면 흐름의 공식에 맞추어 보면

　$F = ma,$ 　　$Q = C\Delta T$ (열용량C=mc)

*2.흐름 즉 움직임에 대한 물리변수는 속도이다.

　-.(질점)속도 = 거리 ÷ 시간, 예)질점의 운동

-.(양군)속도 = 부피 ÷ 시간   예)전류, 유관속 유체흐름

　*연속의 원리: 유체가 흐르는 도관 내에서는 단위시간에
　흐르는 부피는 동일하다

*3.힘이 관성을 변화시키다. 그래서 물체 내부의 결합력을
깨뜨리는 것은 에너지가 아니라 힘이다.

아인슈타인의 광전효과에서 전자가 결합력을 깨고 나올
수 있는 것은 조사되는 에너지양이 아니라 적용되는 힘의
양이다. 그래서 에너지를 높여도 전자가 탈출 못한다. 전
자탈출을 위한 힘은 충격량 즉 힘*시간에서 시간이 작을
수록(진동수가 크다) 힘이 커져 탈출할 수 있는 것이다.

-3.역학적 좌표계

절대적 좌표계란 그 어떠한 역학적 간섭도 받지 않는 운동
자체만 기술되어지는 좌표계이다.

상대적 좌표계란 일정 공간 내에서 모두가 우월적 힘의 영
향을 받는 공간 내에서 기술되어지는 좌표계이다.

정리21-3: 상대적 좌표계에서의 (우월적 힘의 영향권 내에
있는 모든 물체의)운동 기술은 절대적 좌표계의 운동기
술과 동일하다.

정리21-4: 절대적 좌표계와 상대적 좌표계의 운동기술은
상대적 좌표계에서의 우월적 차(差)로 기술되어 진다.

따라서 우월적 힘에 영향을 받는 물체에 있어서는 상대적

좌표계나 절대적 좌표계나 운동이 동일하게 기술되어지나, 우월적 영향을 받지 않는, 예를 들어 빛(광자)의 경우는 두 좌표계에서 다르게 기술된다.

-.중력(우월적 힘)의 영향을 받는 중력장내의 모든 질량을 가진 물체는 절대적 좌표계처럼 기술 된다.

-.달리는 기차(우월적 힘: 일정 속도v)내의 모든 물체는 속도v에 무관한 좌표계로 기술된다.

-.원자 구조 내에서의 우월적 힘은 핵력.

정리21-5: 우월적 힘이 존재할 수 없는 물체의 경우(즉 질량이 없고 전하량이 없는 빛-광자-와 같은 경우)는 어떠한 우월적 힘이 존재하는 상대적 좌표계에서도 절대적 좌표계와 동일한 값(힘의 차가 아닌)이 된다.

*광속도 일정의 법칙: 달리는 기차 안에서 공을 던지는 경우 공은 이미 달리는 열차의 속도를 갖고 있고(우월적 힘에 지배를 받는) 물체 특성상 손바닥과의 반발력으로 절대적 좌표계에 대해 (열차)속도를 더해질 수 있으나, 열차 안에서 빛을 발생시킬 경우 빛은 열차속도(우월적 힘)의 지배를 받지 않으므로 당연히 절대좌표계와 동일한 속도를 갖는다.

물체의 운동이란 에너지의 공급(차만큼의 공급)을 받아 이루어진다. 그런데 물의 경우 상(相)변화가 일어나기 때문에 공급된 에너지로 물의 온도를 올린다. 그러다가 끓는점(100

도C)에 도달하면 더 이상온도는 올라가지 않고 일정하게 되면서 공급되는 나머지 에너지는 물의 증발에 기여한다. 빛의 경우도 마찬가지로 성냥을 켤 경우 아주 작은 입자가 순간적으로 속도를 높여(질량이 매우 작은 입자) 광속에 이르면 빛이 발생 되며 상변화가 일어나 광속도 이상의 속도가될 수가 없게 된다. - 광속도 최대의 원리

-4.통계역학

통계는 수많은 자료에 의한 결과이다. 그래서 통계적으로절반의 확률이 있는 시스템에서도 초기 시도의 경우는 그것이 각각 절반으로의 확률을 가지는 것이 아니고 그 시스템의 초기 우월 인자의 영향으로 한 변수의 결과가 발생된다(슈뢰딩거의 고양이).

2. 경제

-1.서론

모든 학문의 근간은 예측가능을 전제로 한다.

예측을 위한 방법론에는 두 가지가 있다. 즉 인과율에 기초하여 이루어진 이른바 과학적 함수관계에 의한 예측이 그 하나요, 다른 것은 통계적 방법을 사용한 예측이다.

통계적 방법에 있어서는 적은 양의 시행 또는 짧은 시간의 흐름일 경우에는 예측이 불가능하며 먼 장래 또는 많은 시행의 경우에 예측이 가능하다. 이것은 봄에는 여름에 비올 것을 예상할 수 있지만 (인류의 오랜 경험으로) 여름날에 일주일 후의 날씨는 알 수 없는 것이다. 이러한 가까운 장래의 예측 불가는 왜 그런 것일까? 그것은 열린계이기 때문이다. 하나일 경우에는 인과율이 적용되나 하나에서 하나가 더 들어옴으로써 균형이 깨지게 된다(닫힌계가 열린계로 된다). 이에 일정량까지는 불균형이 지속되다가 시간이 지날수록 이 불균형은 균형이 되는 방향으로 흘러 즉 긴 시간에 걸쳐 열린계가 다시 닫힌계로 형성이 되어 인과율이 적용되는 것이다. 그래서 많은 시행이 이루어지는 집단에서는 (나무보다)숲을 보아야 한다.

주식으로 예를 들어보자. 주식의 여러 격언 중에 특히 장기투자를 강조한다. 주식시장의 초기에 시장참여자들은 불

완전한 정보로 알 수 없는 미래에 대하여 그들 중의 우세한 편견이 시장가격에 영향을 미쳐서 내재가치와 시장가격의 불균형이 이루어지게 된다. 이 불균형이 일정 수준이상으로 커지면(시행이 많아지면) 실제와의 차이 극복을 위해 큰 폭의 등락이 발생하게 되는 것이다. 이런 후에 내재가치와 시장가치의 균형이 이루어지게 된다. 이것이 인과율이 되는 것이다(닫힌계가 된다). 이 인과율을 기초로 장기 투자의 논리가 성립되는 것이다.

그런데 사회경제학이 왜 자연과학보다 이론적 수립이 힘들고 포괄적으로 적용되는 법칙을 못 만들까? 왜 경제학에는 뉴턴의 운동법칙 같은 것을 만들지 못할까? 그 이유는 물리학이란 것은 닫힌계(close system)를 다루는 학문이고 경제학은 열린계(open system)를 다루는 학문이기 때문이다. 물리변수의 출입이 없는 상태에서는 그 안의 여러 현상을 기술하기가 상당히 용이하다. 반면에 경제학은 열린계의 특성을 가지고 있어 간단한 수식으로 표현하기가 힘든 것이다. 그렇지만 경제학의 특성이 열린계인 점을 이용해 보면 어느 정도 경제법칙을 세워볼 수 있다.

정의22-1.열린 경제계: 외부와의 재화와 용역의 교환이 이루어 질수 있는 계

정의22-2.닫힌 경제계: 외부와의 재화와 용역의 교환이 일어나지 않는 계(통화정책은 발생)

정의22-3.동질적 집단(homogeneous): 닫힌계에서 한쪽변수를 포기 시(행사시) 자동적으로 공액인 상대변수로 되는 집단(예: 주식 보유자 즉 매도 가능자가 자신의 주식을 팔면 자신은 자동적으로 매수 가능자가 된다.)

정의22-4.이질적 집단(heterogeneous): 닫힌계에서 한쪽 변수를 포기 시(행사시) 자동적으로 공액인 상대변수로 되지 않는 집단.

정의22-5(제1종집단): 매수자와 매도자의 균형 집단

정의22-6(제2종집단): 매수자와 매도자가 차이나는 집단

주식시장은 일정기간 단조화를 보이다가 오를 때는 계속 오른다. 이는 내부에 의한 매수 매도의 순환에 의하기도 하지만 보다 큰 요소는 외부의 매수세의 유입이 크기 때문이다. 즉 제1종집단에서 제2종집단으로 옮겨가는데 그것은 주식집단이 닫힌계가 아닌 열린계이기 때문이다. 그런데 이렇게 유입되는 매수세도 한계가 있기 마련이다. 즉 매수세가 포화상태에 이르게 되는 시점이 도래하게 된다. 전체시장의 경계에 다다른 것이다. 이때 약간의 매도세만으로도 내부적으로 악순환을 형성시키게 한다(닫힌계에서의 반락). 이 trigger(방아쇠)가 연쇄증폭작용을 일으켜 급락을 유발하게 된다. 이것은 주식시장이 동질적 집단이기 때문이다(여기서 포화상태의 크기가 바로 이 집단의 구조인 것이다). 이러한 급락을 눈사태효과(애버런치효과 AVALANCHE EFFECT)라고 명

명한다. 제1종집단이 제2종집단으로 되며 급변하다 다시 일정 조건에 의해 다시 제1종집단으로 된다. 이것이 경제의 파동이 생기는 이유이다. 투기의 성질을 가진 대개의 경제지표들(특히 주식, 급등기의 부동산 투자)은 동질적 집단이며 공급이 일정한 집단이다. 이에 열린계이므로 단조화와 편조화가 반복된다.

주식투자를 하는데 있어서 경제를 잘 아는 사람보다 차라리 잘 모르는 사람의 수익률이 의외로 높은 경우가 발생되는 이유는 무엇인가? 경제를 잘 아는 사람은 이론적으로 많은 것을 구비한 사람이기 때문에 주식시장이 이론상 인과율이 적용될 거라고 가정하여 이 인과율에 근거해 투자를 한다(실적이 좋으면 주가도 반드시 좋다?).

그런데 주식시장은 사회집단에 지배를 받는 시장이므로 '둘 이상 많은 시행의 집단' 즉 국소적 불균형이 지배하는 집단이므로 인과율보다는 무작위적 불균형의 행위에 지배를 더 받는다. 즉 경제를 잘 아는 사람은 불균형이 지배하는 집단에 균형이 지배하는 이론을 적용시키는 오류를 범하는 것이다(물론 이것을 해결하는 방법은 당연히 우량기업을 아주 장기간 투자하는 것이다). 이런 집단에는 경제를 잘 모르는 사람(또는 위의 이론을 명확히 아는 사람)의 행위가 더 부합되기 때문에 이 사람의 수익률이 경제를 잘 아는 사람보다 높은 것이다.

아주 많은 시행의 관점에서 고찰해 보면 파동이란 그 집단의 구조(일정한 시간에서의 닫힌계가 되는 경우)인 '평균'으로의 회귀(STATISTICAL REGRESSION)인 것이다. 평균으로의 회귀의 재미있는 예는 골프를 보면 알 수 있다. 골프는 전반전 후반전이 있는데 전반전에 잘 치면 이번에는 좋은 점수를 따겠지 생각하면 후반에는 영락없이 못하고 또 전반전에 못해 망쳤다고 생각하면 의외로 후반전에 잘 풀려 결국 총점수가 자기의 일반평균점수에 근접하게 된다.

분산투자의 본질은 위험성의 분산에 있는 것이지만 또한 전체성으로써의 시장접근에 있다. 경우의 수를 크게 가져감으로써 결국은 '아주 많은 시행'을 통한 인과율로써의 결과(기본적 접근-fundamental)를 이루고자 하는 것이다.

여기서 자연과학과 경제학이 다를 수밖에 없는 예를 하나 들어보자. 화학반응에서 '르샤틀리에 법칙'이라는 것이 있다. 이것은 '어떤 화학반응에서 이 반응계에 외부에서 인자(因子)를 첨가시키면 화학반응은 이 불균형을 해소시키는 방향으로 흐른다.'는 것이다. 즉 자연과학의 법칙은 닫힌계이고 즉각적이고 인과율적이므로 이 같은 명백한 법칙이 성립한다. 그러나 경제적 집단은 열린계이므로 외부인자의 유입이 상당 지속될 수 있어 불균형이 오래 유지되고 따라서 일정기간은 인과율이 적용이 안 될 수밖에 없다. 즉 '둘 이상의 약간 많은 시행'의 집단이 지배하게 되며 이 집단의 구조가 경제현상을 설명하게 되는 것이다.

경제학의 역사는 사회가 점점 복잡해짐에 따른 유통업의 발달(중간이득의 증대)과 인간의 기술발달(흑백TV에서 컬러 TV 등)과 환경오염으로 인한 자유재의 축소로 진행되어 왔고 이에 따라 인플레이션의 역사가 되었다.

인간의 상품은 자유재에서 준자유재로, 준자유재에서 경제재로 발전해 왔다. 이것이 인플레이션을 가속시켰다. 경제재는 생필품과 기호품으로 나눌 수 있는데 인간의 욕망이 존재하는 한 기호품은 반드시 존재하게 된다. 10만원 하는 옷이 팔리지 않아 실수로 0을 하나 더 붙여 100만원으로 내놓았더니 바로 팔렸다는 이야기가 있는데 이것은 10만원일 때는 생필품이었는데 100만원이 되면서 기호품이 된 것이다. 외국산 브랜드 커피가 한국에 들어오면서 폭리를 취하는 것도 한국에 들어오면서 기호품으로 바뀌었기 때문이다.

-2.시장의 형성

인류초기에 있어서 일차적인 개인위주의 경제활동은 닫힌계가 된다. 그래서 자기가 생산한 물품에 대하여 자체소비를 한다. 그런데 닫힌계의 특성상 상품을 오래 쓰면 **상품의 효용에 대한 한계**(물극필반)가 발생된다. 그래서 효용한계를 넘어선 과잉상품은 자신에 대해서는 효용으로서의 가치가 떨어진다.

이 떨어진 효용을 올리기 위하여 이 상품이 필요한 타인과 거래를 하게 된다. 이때에는 자신이 잘 만드나 이로 인해 자신에 대해서는 효용가치가 떨어진 상품에 대하여 자신은 잘 못 만들지만 타인은 잘 만들어 서로간의 효용가치를 증대할 수 있는 경우가 발생 시 교환 또는 상거래가 형성되며 따라서 닫힌계의 자체소비가 교환 및 매매를 통한 열린계로 확장이 된다. 이러한 열린계에서 수요와 공급이 어느 정도 형성이 되면 계는 다시 닫힌계로 되며 가격이 형성하게 되는 것이다. 이것을 쌍대개념으로 해석해 보자.

쌍대 MAGIMIN: (나의 과잉 상품 A)(너의 부족 상품 A)

이중쌍대 MAGIMIN: (나의 부족상품 B)*(너의 과잉상품 B)

→ 여기서 나와 너 사이에 A와 B 상품의 교환이라는 행위가 발생한다.

인간이 자급자족하는 농경생활에서 서로 물자교환을 하는 유통사회로 넘어가면서 가장 중요한 등장이 바로 화폐(돈)이다. 돈의 등장으로 경제의 개념이 새로워 졌다. 즉 돈의 가격이 생기게 되며 이것이 금리(金利)인 것이다.

*돈(의 가격: 금리) 이외의 모든 것은 물가(물건의 가격)

-경제 원리는 금리와 물가와의 다툼

-경제행위는 현재의 가격이 아닌 미래의 가격(가치)로 결정됨(가격이 싸서 사는 것보다 미래에 오를 수 있기 때문에 구입하는 것)

-자본주의 속성상 인플레는 지속된다(자전거 타는 모형).

참조)회계의 경우 사실 상대방과 현금만으로 교환이 이루
　　어지면 의미가 없게 된다. 회계란 현금이외의 사항에
　　대한 계정 만들기(계정설정)이다.

　경제적 구조는 닫힌계에서 열린계로의 확장을 반복하여
경제적 주기가 발생된다(단조화주기가 아닌 편조화주기).

　자연을 지배하는 법칙은 평등과 효율이라고 했다. 평등이
랑 관성(慣性)을 말하며 관성이란 현 상태를 그대로 유지하
는 것을 말한다. 이러한 평등을 깨는 것을 사건(事件)이라
했다. 관성을 깨고 사건을 유발시키는 것을 '**시장**이 형성되
었다'고 경제에서 말한다.

　예) 한 신발업체가 아프리카로 영업사원을 2명 보냈다.
　　아프리카를 다녀온 후 각각 보고서를 썼는데 그 내용
　　이 달랐다. 한 사람(A)은 아프리카 사람들은 맨발로
　　다니므로 사업성이 전혀 없다고 했고 다른 사람(B)은
　　아프리카 사람들은 맨발로 다니기 때문에 시장성이 무
　　궁무진하다고 했다. 여기서 A는 아프리카라는 나라에
　　관성을 적용해 그대로 맨발로 생활한다고 생각했고 B
　　는 관성을 깨뜨려 사건을 발생시킴(신발을 신는다는
　　행위)으로써 시장을 형성할 수 있다는 것이다.

　정리22-1.관성의 법칙: 주변 경제여건이 변하지 않는 한
　　소비자들은 자신의 경제행위인 소비를 일정하게 유지

108

하는 속성이 있다.

즉 관성(기존)이라는 평형상태에서 시장이라는 사건을 발생시키는 것이다. 경제학의 기본화두는 **시장의 형성**이다. 시장은 두 종류로 이루어진다. 단순주기의 시장 즉 생필품에 대한 구매로서 인간이 삶을 영위하기 위해 필요한 물품이 거래되는 시장(단순 시장)과 편조화 주기의 시장 즉 금리보다 높은 이익을 창출하기 위한 시장(편조 시장)이다.

정리22-2.(편조)시장: 관성을 깬 두 상반된 견해(쌍대원리)의 합의로 이루어진 사건(event). 편조화 상태

예)사람이 생활에 필요한 음식 재료를 사거나 거주하기 위해 주택을 사는 것은 단순 시장이다. 그러나 주택 매매를 일종의 (편조)시장으로 보고 투자(투기?)를 한다면, 그래서 주택 거래에 있어서 가격이 오를 것을 예상하여 주택을 구입하면 쌍대 MAGIMIN:(매수자의 주택가격 상승예상)*(매도자의 주택가격 하락예상)이 발생되어 (편조)시장이 형성되는 것이다.

예)주식시장이란 향후 주식이 오를 것이라 생각하는 매수자와 떨어질 것이라 생각하는 매도자 쌍방 간의 쌍대 MAGIMIN 형성으로 (편조)시장이 생기게 된다.

설명의 편의상 이 후 언급되는 시장은 편조 시장을 의미하는 것이라 하자.

정리22-3.시장의 법칙: 시장이 형성된다는 것은 관성적

소비 형태를 바꾼다는 것이다.

시장형성의 힘 = 관성x(전시장과 후시장의 比)

정리22-4.시장가격 결정원리

닫힌계: **수요와 공급**이 일치되는 곳에서 결정.

열린계(편조화): 편조화 경우 진행방향으로 높은 쪽이
먼저 뛴다(정리12-4-5)고 했으니 이 **높은 쪽이 시장
가격을 형성한다**(부동산이나 주식이나 신고가의 가
격이 추후 시장 가격을 형성한다. - 주식에서 저항
선이 뚫리면 저항선이 지지선이 된다). 편조화는 우
월한 힘에 의해 움직인다고 했는데 시장의 방향이
경제에서의 우월한 힘에 의한 것이다.

참조)고전경제학에서는 공급이 우월자가 된다(세이의
법칙). 이때는 상품이 생필품으로 모두 필요한 시기
이고 단조화주기 시절이라 보이지 않는 손(평형: 아
담 스미스)이 시장을 조정한다. 그러나 편조화가 되
면 돈이 우월자가 되어 국가 통제가 필요하게 된다.

정리22-5.수요와 공급: 양(量 수요)으로부터 질(質 공급)이 나온다. 수요(필요)에 의해 공급(발명)이 창출된다. 국소적 편조화 경우는 공급이 우월자가 된다.

예)1.브레인스토밍의 제1원칙은 많은 제안이다.

2.숙련자는 생산량이 많으며 양호한 제품을 만든다.

3.사람들은 과장1명의 의견보다 직원 3명의 의견에

더 동조할 수 있다.

정리22-6.시간적 지연의 법칙: 수요와 공급의 불균형

경제적 현상은 사회적 현상의 일종이기 때문에 국소적 불균형(둘 이상 약간 많은 시행)이 지배한다. 경제적 현상의 불균형이 균형이 되기 위해 지연(시차)이 발생되며 이 지연이 수급의 손실을 유발한다. 따라서 경제적 안정을 위해서 시행되는 각개의 정책은 적어도 해당시차(지연)이상의 기간(긴 기간)을 두고 세워야 열린계에 의한 문제를 해결할 수 있다.

중요!!!)시장 경제에서 발생되는 문제점

-1.수요와 공급의 불균형(unbalance) - 서로 다른 리드타임(lead time: 거래 대금 또는 물건 준비 기간)

*수요란 돈에 의해 좌우되듯이 공급은 실물에 의해 좌우된다. 그런데 돈에 대한 창출은 바로 가능하지만(저금리 시 대출 등을 통해) 실물에 대한 창출은 일정시간의 지연이 생긴다(농산물은 1년, 건축은 수년 등).

예) 금년에 공급부족으로 인해 배추가격이 이상급등 되면 농가에서는 그해 너도 나도 배추를 심는다. 많은 농민들이 이런 생각을 가지고 있으므로 정작 내년에는 배추의 공급과잉으로 가격이 폭락하게 된다.

예)주택 특히 아파트 경우 금리 인하로 수요는 즉시 발생되나 공급인 주택 건설은 몇 년이 걸리므로 수급 불

균형에 의한 가격 이상이 발생된다.

-2.수요와 공급의 불균형: 수요가 증가하여 공급(시설)을 확장한 후 수요가 줄 경우, 잉여시설과 인력 발생
- 비정규직 문제

정리22-7.주식시장은 환금성(돈의 이동도, mobility)이 굉장히 크다. 즉각적으로 사고 팔 수 있기 때문이다. 반면에 주택시장의 경우 mobility가 작다.

주택은 호재가 발생되면 가격이 3차례 즉 호재발표/호재시행/호재완공마다 가격이 오른다. 반면에 주식은 호재의 소문이 돌때 가격이 오르고 정작 발표되면 내린다(소문에 사고 뉴스에 팔아라). 그것은 발표가 되면 약발이 끝났으므로 바로 돈을 다른 호재의 소문을 찾아 이동하기 때문이다. 그래서 주식은 선행(先行)적이다.

정리22-8.시장의 철칙(鐵則 iron rule): 시장에 맞서지 마라. 편조화 시장은 우월한 힘을 가지고 있다.

예)1.주식이 급등 또는 급락하는 것은 이유를 모를 때가 많다. 이에 맞서다가는 큰 낭패를 본다.

2.한국 부동산이 2007년과 2020년 정부정책이 나올 때 마다 급등하는데 이것은 시장에 맞서는 정책을 내놓았기 때문이다.

정리22-9.시장의 원리: 시장은 (돈이 원활히 도는)선순환 구조를 가져야 한다.

경제의 황금률은 돈의 원활한 흐름에 있다.

-3.국가 경제

경제란 **경세제민**(經世濟民)즉 국민의 행복에 있다. 그러므로 경제 안정은 국가의 가장 중요한 임무의 하나이다. 경제의 안정이란 원활한 선순환 구조의 경제활동이다.

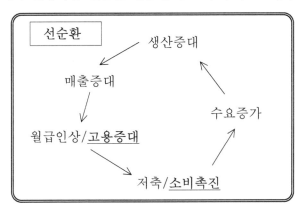

이런 선순환에서 중요한 것은 **고용증대**와 **소비촉진**이다.

*1.금리인하

고대 중국의 정치가인 관자가 경제를 일으키려면 '호화분묘를 지어야 한다.'고 했다. 이것은 일종의 고용증대 정책이다. 현대 사회는 자전거 타는 형국이다. 자전거가 넘어지지 않으려면 계속 페달을 밟아야 하는 것처럼 경제도 계속 선순환의 사이클을 돌려야 유지되고 그러려면 호화분묘를 세워서 순환경제를 유지해야 한다.

경제 재화는 두 가지로 이루어진다. 생필재와 기호재(생필재가 아닌, 사람이 생활하는 데 꼭 필요하지 않은 재화)

이다. 활발한 생필재의 생산과 유통은 경제의 건전한 선순
환을 일으킨다(단순 주기).

　　정의22-7.단순 재화: 생필품 등과 같이 인간이 일상에
　　　　필요한 정상적인 가치의 가격으로 거래되는 재화. 이
　　　　를 선재화라 칭하자.

　　정의22-8.(N)편조 재화: 기호품이나 투기성 강한 재화로
　　　　정상적인 가치보다 훨씬 고평가된 가격으로 거래되는
　　　　재화. 이를 악재화라 칭하자.

　관성을 변화시키는 것이 힘이고 이 힘에 의해 가속(감속)
도가 발생하는 것처럼 시장에서의 가격변화는 돈의 흐름 즉
가속(유동성 풍부) 또는 감속(유동성부족)에 의해 가격변동
이 발생된다.

　이러한 경제학에서 돈의 흐름을 변화시키는 즉 가속도를
만드는 힘의 구실을 하는 것이 바로 은행 대출이다. 은행대
출에 의해 통화승수가 생겨나며 이로 인해 시장에서의 돈의
유동성이 변화하는 것이다.

　경제 상황의 악화로 정부에서 금리를 낮추면 시장에 돈이
풀리고 이러한 풍부해진 시중 자금은 돈의 속성상 악재화로
흘러들어가는 경향이 매우 크다. 그것은 **악재화**로의 사용이
훨씬 쉽게 적은 에너지사용으로 많은 수익이 창출되기 때문
이다(에너지소모 극소의 원리). 악재화는 양재화를 구축한
다(몰아낸다). 이러한 잘못된 돈의 흐름은 국소(局所)시장

만 형성되어 전체적으로 흐름의 경색을 초래할 수 있다(돈
의 동맥경화증).

　　정리22-10. 돈이란 악재화(N편조재화)로 흘러들어가는 경
　　　　향이 매우 크다. 그래서 관리가 필요하다.

　　부칙)돈을 풀 때(금리 인하의 경우) 가장 중요한 것이
　　　돈이 악재화로 흘러들어가게 하지 않는 것이고 이를
　　　위해 <u>적극적인 정부의 관리 개입</u>이 필요하다.

　　국가에 금융관련 위기가 왔을 시 가장 쉬운 경제적 해법
은 금리인하이다. 금리인하의 목적은 경제를 살려 **고용
증대**와 **소비촉진**에 있다. 그러나 실상은 그렇지 않다.

　-금리 인하 시 문제점

　　*악재화 쪽으로 돈이 흘러감(부동산과 주식)

　　*잘나가는 대기업은 저금리의 이점으로 그들만의 잔치
　　　를 한다. 자체 상여금이나 자동화에 투자한다.

　　*자동화/기계화의 미래 산업이 점점 더 고용축소를 유
　　　발한다. 기술은 발전하되 고용축소로 인한 선순환이
　　　깨지면 결국 경제가 무너진다.

　2020년도 한국 경제의 문제점(물론 세계 경제도 비슷한
양상이지만)은 코로나19 사태로 소비와 시장경제가 악화되
자 이를 위해 금리를 인하하였다(물론 글로벌시대를 맞이하
여 세계 각국 간의 무역 경우 무역 흑자를 위해 자국의 금
리를 내리는 추세로 진행되고 있지만). 그래서 시중에 풀린

돈이 시장경제의 활성화가 아닌 부동산 쪽으로 흘러갔다(금리가 낮으니 많은 아파트를 구입하거나 건물을 사서 건물주로 이익을 보는 사람이 늘게 되었다). 즉 악재화가 된 것이다. 한 달 월급보다 은행 대출을 통해 부동산 투기(악재화)로 버는 돈이 훨씬 많으니 인간 본성 상 당연히 악재화를 선호할 수밖에 없다. 이러한 국지시장이 전체적으로 자금경색을 가져왔다. 또한 국지시장의 전염으로 계속 악순환되어 풍선효과라는 기현상을 만든 것이다.

참조)한국 부동산 급등의 근원지는 강남 특히 대치동 주변이다. 이러한 왜곡된 **부동산시장**이 형성된 이유는 무엇일까? 그것은 서울시내 고교입학이 **학군제**이기 때문이다. 학군제라는 힘이 공급과 수요의 불균형을 야기하였다. 그리하여 강남에 국소적 부동산 시장을 형성한 것이다.

학군제가 위장전입, 부동산 왜곡 등의 만성적인 주택문제를 유발한 것이다. 학군제를 추첨제로 바꾸되 따라오는 부작용은 운영의 묘를 살려 해결한다(교통 등의 이유로 좋은 학군에서 나쁜 학군으로의 변경은 가능 등).

참조)국민의 제1요망인 주택에 대한 정책을 검토해보자.

-.주택은 국내 거주 1세대가 1주택 소유하는 것을 원칙으로 한다(세대원 전체를 기준으로 보유한 총 주택 수).

-.모든 정책을 공급확대/수요축소가 되게 세운다.

*은행대출 용도가 주택구매인 경우 무주택자에 한한다. -

수요축소

*다주택자의 주택시장 진입은 어렵게 진출은 쉽게 한다.

*1세대 1주택(사정에 의한 임시 1세대 2주택 포함)에 대
해서는 모든 세금을 최대한 저렴하게 책정(단 보유세의
경우 가격별 누진세 적용)한다.

*양도소득세는 가능한 낮춰 매물 출회 유도 - 공급확대

참조)주택투기로 돈을 벌 수 없다는 의미로 양도소득세
를 높이는데 이미 투기된 자금을 회수하기는 무척 어렵
다. 그것은 단지 도덕적 관점의 문제이다. 따라서 양도
소득세를 낮추는 것은 일종의 손절매 정책이다. 선순환
을 유도하기 위해서는 손절 정책이 반드시 필요하다.

중요)**시장(우월한 힘)을 거스르지 마라.** 시장은 민의(民
意)이다. 시장에서 수익이 났으면 그것을 인정해야지
그것을 거슬려 정책을 세우면 필히 실패한다.

참조)물론 호화분묘의 단점은 자원낭비가 될 수 있다.
이것은 recycle(재활용)사업을 적극 추진해 해결한다.

*시장이 추세적인 경우에는 호재에는 민감하고 악재에는
둔감하다(정리12-2-18). 서울 주택 가격상승 대책으로
신도시를 건설하고(주택가격은 악재) 교통망 확충(주택
가격은 호재)하였는데 가격이 상승추세에 있으므로 결
과적으로 악재에는 둔감하고(실제 가격하락이 안됨) 호
재에는 민감하였다(결국 서울을 위시한 지방까지 가격

폭등). 모든 **정책이 마찬가지이다**. 그러니 **오직 2주택 이상 구매에 대한 돈줄**(대출)만을 꽉 움켜쥐어야 한다.

결론)주택이 **상품화되어서는 안 된다**. 오로지 주거를 위한 것이어야 한다. 즉 임대주택/다주택 등 어떠한 재테크의 수단이 되어서는 안 된다(임대주택은 오직 통합공공임대로 공급한다). 또한 사람 법인 등이 아닌 <u>대한민국 땅에서 주거하는</u> **1세대가 소유의 기준**이 되어야 한다 (회사 경우 사원 복지를 위한 주택 소유만 인정).

*2.노후불안

사람이 살아가는 데 있어서의 행복은 편안한 자신의 집에서 오래 걱정 없이 사는 것이다. 집의 소유 이외에 사람이 살아가는데 있어서 또 다른 걱정은 미래에 대한 불안이다. 이것은 생리학적으로도 나타나는데 신체 내 피하조직에 지방을 저장하는 것도 일종에 미래에 대한 대비책이다. 이를 경제적 측면에서 보면 사람들이 소득의 일부를 저축하게 되는 이유이다. 그런데 저축이 소비보다 많으면 경제의 순환이 막히게 된다. 지방의 축적이 동맥경화를 가져오듯 돈의 저축이 돈 흐름의 경화를 가져온다. 즉 *돈이 돌지 않고 정체된다.* 그래서 사람의 소비를 유도하기 위해서는 미래자산이 형성되어야 한다. 미래자산이 있으면 현재 소비를 하여도 향후의 걱정이 없는 것이다. 그런데 미래자산이란 저축의 성격이 강하다. 이에 특단의 국가적 대책이 필요하다.

인간은 죽기 전까지 꾸준히 활동을 해야 오래 살고 건강하게 행복하게 살 수 있다. 그런데 정년(퇴직)이라는 규정이 있어서 어쩔 수 없이 은퇴를 하게 된다. 여기서 국가의 버퍼(buffer)기능이 필요하다. 시장에 거래되는 여러 물품(돈 이외의 모든 것) 중에 독과점되는 품목은 국가 전매사업으로 운영하는 것이다(과거의 인삼공사와 같은). 이곳은 이익이 날 수밖에 없고 따라서 이곳의 직원은 은퇴한(또는 잠시 이직 상태에 있는) 사람만 근무되며 그들에게 저임금으로 일자리를 제공하는 것이다. 그리고 일반 사기업인 경쟁력 있는 회사에는 젊은 청년을 고용하는 것이다. 이것이 청년실업과 정년연장이라는 이율배반적인 과제를 해결하는 방법이고 기본소득을 무상으로 주는 도덕적 해이를 방지하는 방법이다.

참고)코로나라는 경제 복병을 만나 경제 활성화를 위해 재난지원금을 주는 정책을 펼치는데 이것의 경우도 결국 대부분 악재화로 흘러들어간다(물론 지원금은 생필품 구매에 쓰겠지만 이로 인한 잉여자금은 계속 악재화, 즉 주식 같은 곳에 투자한다). 악재화는 정부의 적극적 개입이 없는 한 반드시 생길 수밖에 없다. 쉽게 얻은 것은 쉽게 쓰는 법이다. 그래서 계속적인 노동 여건 형성이 중요하다는 것이다. 또한 코로나 문제의 경우 팬데믹의 수준이면 **질병관리 차원**이 아닌 **법집행 차원**의 관리를 해야 하는 것이다. 철저히 회합을 통제하고 어겼을 시 매우 과중한 벌금을 물어야 한다.

*3.대책방안

편조화시장은 **실사허보**(實瀉虛補)의 방식 즉 '남는 곳을 덜어내어 부족한 곳을 채우는' 방법을 사용하여야 한다.

단주기 시장은 콤팩트공간이기 때문에 아담 스미스의 '보이지 않는 손'이라는 자체 조정기능이 있어 안전한 시장을 형성한다. 그러나 편조화 시장의 경우는 악재화 경향으로 불안한 시장을 형성한다. 또한 일반 시장에서의 수요와 공급은 항상 엇박자가 유발되고 이러한 엇박자가 경제에 여러 가지 문제를 야기한다.

케인즈의 수정경제이론이 발표된 이후 경제활동에 있어서의 국가의 역할이 논쟁의 대상이 되었는데 국가의 경제에 있어서의 기본적인 역할은 Buffer(완충)이다. 이것은 경제가 정상적일 경우에는 시장원리에 맡기고 이상이 있을 시 보유한 물량 및 자금으로 수급을 조절하는 것이다.

그래서 국가는 단조화주기의 균형성 있는 경제운영이 필요하다. 즉 금리인상과 인하를 적절하게 단조화주기가 되게 운영하는 것이다. 그러기 위해서는 약간의 손절매성(損切賣性) 정책이 필요하다. 어떠한 국가정책도 모든 국민을 만족시킬 수는 없다. 손절매성 정책이란 시장이 활황일 경우 적당한 시기에 한 번씩 적은 규모의 불황을 만들어 주는 것이다. 이것이 대형 사고를 방지할 수 있다. 대형 산불은 오랫동안 불이 나지 않는 경우 더 발생하기 쉬운 법이다(도미노 효과를 유발시키기 용이하다). 증시에서의 공매도 정책도 역시 대형 급락을 방지하기 위한 정책적 방법이다. 따라서 금리인하와 금리인상의 단조화 주기적 조정이 경제의 안정화를 가져온다. 이미 악순환에 빠진 경제는 되돌리기가 힘들다. 특히 부동산의 경우 더욱 힘들다. 그럴 경우에는 과감하고 확실한 손절 정책이 필요하다.

국가는 경제cycle를 선순환으로 유지시키고 생필품을 준자유재로 해야 한다. 선순환에 이상이 있거나 생필품가격이 상승하면 국가차원에서 완충시켜(수급을 조절해) 가격을 조정하고 대신 기호품의 가격을 조정해 보상시키는 것이다.

경제의 선순환을 위해서는 마중물(pumping prime)이 중요하다. 과거에 수도가 대중화되지 않은 시절에는 땅을 파서(관정) 수동 펌프를 설치해 물을 얻었다. 이 경우 물을 올리기 위해서는 마중물이 필요했다. 즉 약간의 물을 넣어 펌프질함으로서 물이 원활히 올라오게 된다. 이때 만약에 마중물이 적으면 물은 안 올라오고 마중물만 낭비하게 된다. 그래서 적절한 마중물 량이 중요하다.

마중물은 낚시에서 미끼와 같은 것이다. 미끼가 작을 때 물고기를 잡지 못하고 미끼만 빼앗기게 된다. 코로나에 대한 긴급재난금은 일종에 선순환을 위한 마중물이지만 1. 너무 적어 그냥 소모되기 쉽고(미끼를 빼앗기기 쉽고-금액을 올리려면 재정적 문제가 뒤따르고), 2.실질적인 소비금액은 늘어나지 않고(늘어도 조금) 나머지 금액이 악재화 즉 주식 같은 곳으로 흘러가기 쉽다는 것이다.

인간이 농경생활의 경우에는 100명이 100명분의 식량생산으로 자급자족하였다. 그러나 인구 증가와 기술이 개발되면서 기술자 100명에 대해 농산물은 200명분의 생산이 가능해져서 식량수급에 이상이 없었다. 이후 사람 수는 증가하고 유통업, 오락부분이 생겨도 계속 기술적 발달과 농지 개간으로 식량 생산업자 100명이 나머지를 먹여 살릴 수 있는 구조가 되었다. 그런데 코로나라는 병이 유행되며 가장 타격을 받는 곳이 외식/공연/극장/모임 등의 인간 기호 관련 산업이다. 즉 생산과 소비의 balance가 깨진 것이다. 이것은 질병관리 부서의 문제를 넘어서 법 집행의 문제로서 철저히 통제하고 경제 구조에서의 소비 방식도 변화를 가져와야 할 것이다.

정부의 기능은 철저한 **완충(Buffer)**을 통한 충격흡수에 있다. 또한 경제 선순환을 위해 고용증대와 소비촉진 정책을 선재화로 유통되게 해야 한다.

-.금리인하를 하되

　*자금이 부동산 또는 주식으로 흐르는 것을 방지한다.

　*경제위기에서 역(逆)으로 호황을 누리는 업종이 금리인

하로 이중혜택 보는 것을 고용안정세로 흡수하거나 차
입금(부채)을 적극 회수한다.

-.정책적 버퍼(완충) 기업을 활성화하여 실업자를 흡수하여
고용안정과 실업 감소를 시킨다.(재난 지원금은 불가):
부정행위가 만연한 모든 공기업을 완충기업으로 한다.

*.불황은 크나큰 빈부격차로 유효수요가 급격히 떨어지면
발생된다. 따라서 자유 경쟁체재를 유지하되 기본소득이
아닌 기본 일자리를 제공해야 한다.

-.관직은 오로지 그 사람의 그 관직에 대한 능력으로 선발
한다. 과거에 나를 도와준 일종의 보은의 생각으로 관직
에 임명하면 정말로 위험하다.

.공직자란 관직이라는 호랑이 등에 올라탄 형국이다. 호
랑이를 잘만 다루면 유용하지만 잘 못 다루면 자신뿐만
아니라 온 국민이 곤경에 처한다. 다시 강조하지만
관직은 각자의 재능에 맞추어 적재적소에 쓰여야 한다.

-4.세계 경제

과학 기술의 발전과 무역의 확대로 세계는 글로벌 무역시
대를 열었다. 그러나 이러한 국제무역이 환율 문제로 각국
의 경제체질을 변화시켰다.

세계 경제의 문제는 환율에 있고 이것이 자국 경제에도
영향을 미치고 있다. 각국은 무역 흑자를 위해 스스로 자국

의 통화가치를 낮추는 즉 환율을 높이는 정책을 펴고 있다. 이것은 결국 자국의 기술 및 기타 경쟁력을 약화시키는 결과를 초래한다. 그러므로 환율은 고정환율제와 변동환율제를 적절히 경우에 맞추어 적용해야 한다.

*.환율에 영향을 미치는 외국과의 거래 즉 무역, 외국인의 국내주식 매매 등에 대해서는 (정기적)고정환율제를 적용하여야 한다.

★★ 경제 현상을 물리화학적으로 분석 ★★

-.한 국가 경제계를 물리화학적으로 닫힌계(물질이동은 안되고 열량이동만 되는 계)로 가정하고 열량은 금전(및 그의 이동에 영향을 미치는 정책)으로 가정한다.

-.경제닫힌계의 **통화용량**: 경제닫힌계에서 시장의 관성에 대한 운동 즉 선순환에서의 재화의 흐름속도에 대한 저항 (질량이란 물체운동에 저항하는 물리량이고 열용량은 유입 열량에 대한 온도 상승의 저항성)

*.경제닫힌계의 목표는 선순환적 적당한 통화흐름이다.

*.경제닫힌계에서 적당히 적은 통화용량(잘 흐르는)이 선순환의 요건이다.(악재화 방지, 노년 버퍼공기업 운영)

*.시장(경제닫힌계)은 **최소에너지 소모**의 원칙에 따른다.

1.최적 통화용량을 위해서는 유효수요가 중요하나 최소에너지 원칙에 의해 악재화의 우월성이 발생되며 이는 금

리를 내려도 돈이 부동산으로 흐르는 이유이다(악재화의 우월성은 통화용량을 악화시킨다).

*.차등금리제를 적용해 악재화를 막는다.

*.주택은 재화(상품)가 아니다. 그래서 한국에 거주하는 1세대 당 1주택을 기본으로 한다.

*.부동산 시장을 왜곡시키는 정책, 즉 중고교 학군제는 추첨제 등으로 개선을 해야 한다.

2.국가무역수지 개선을 위해 자국 돈의 가치를 떨어뜨리는 것도 악재화이다. 무역 또는 외국인 국내주식 투자 등의 경우에는 국가 간의 통상협상을 통해 일정 기간 **주기적 고정환율제**를 책정하여야 할 것이다.

3. 신체와 체질

-1.신체의 기본원리

(1)기본원리

신체는 자연의 일부분으로서 여러 물리 화학적 법칙
의 적용을 받는다. 따라서 1장에서 서술한 여러 과학
의 법칙들이 신체 내에서도 동일하게 적용된다.

1.에너지 보존의 법칙

인간의 체내에서는 에너지가 새로 창조되지 않는다.

*음식물공급에 의한 에너지

= 생체활동 소모 에너지 + 저장 에너지

+신체 방어 에너지

2.에너지 효율의 법칙(에너지소모 극소의 원리)

일정한 양의 주어진(공급되어지고 저장되어진) 에너지에
대한 사용은 가장 효율적으로 이루어진다.

예1)나무는 겨울에는 여름에 비해 공급되어지는 에너지
가 적다(적은 일조량 등). 따라서 이 적은 에너지를 효
과적으로 사용하기위해 잎으로의 영양공급을 중단시켜
낙엽을 발생시킨다. 만약 적은 에너지로 뿌리와 잎에
전부 영양을 공급한다면 뿌리의 영양부족으로 나무가
죽게 된다. 그러나 낙엽을 발생시키며 뿌리를 보존하므
로 봄이 오면 새로운 생명으로 다시 태어날 수 있게 된

다.

예2)사람의 경우에도 만약에 병들거나 늙어서 에너지 생성의 활동이 미약할 경우 사람은 중요부위인 뇌, 심장 등에만 에너지를 공급하게 되고 말초부위의 에너지 공급이 적어지고 따라서 중풍 같은 현상이 발생하게 되는 것이다. 추울 때 동상에 걸리는 이유도 추위로 인해 에너지 생성이 저하가 되면 중요 장기를 보존하기 위해 말초부위의 피의 흐름을 저하시킴으로 인해 그 곳이 동상에 걸리게 되는 것이다(추위를 심장부위로 전달하지 못하도록 함: 혈관수축).

3. 신체 보호의 기준: <u>감각 역치의 개인적 차이</u>

신체는 자신이 중요하다고 생각되는 장기를 최대한 보호하려는 본능이 있다. 여기서 중요한 정도의 판단에 따라 개인적 감각 역치(閾値)의 값이 다르고 그로 인해 체질적 차이가 생겨난다.

(2) 과학으로서의 예비지식

1. 에너지 발생원리

에너지 발생은 일반적인 가연성 물질의 연소와 같이 재료(영양분)+산소+발화점(체온)이 된다. 체내에서는 에너지가 ATP로 표현되며 이것은 위 3조건이 구비되면 세포내의 소기관인 미토콘드리아에서 생성한다.

-. 산소: 불수의(不隨意 자기 의지에 상관없이 작동하는)

기관인 자율신경에서 자신의 의지에 의해 조절될 수 있는 유일한 것이 바로 호흡이다. 흉식호흡에 의해 교감신경이 활성화되고 복식호흡에 의해 부교감신경이 활성화 된다. 따라서 화가 나서 교감신경이 활성화되려할 때 복식호흡으로 숨을 깊게 들이마셔 부교감신경을 활성화시켜 마음의 평온을 찾아야한다.

일반적으로 동물에 있어서 몸의 크기가 크면 물질대사의 속도가 느리다(식물도 비슷해서 큰 나무를 분재하면 물질대사가 느리면서 소모되는 곳은 적기 때문에 오래 산다). 그래서 작은 크기의 동물은 생명이 짧으며 심장박동수가 빠르다. 즉 '동물의 심장 박동수 x 생애년수 = 대략 일정'의 공식이 나온다. 다시 말하면 동물들의 평생 동안 뛰는 심장 박동수는 거의 비슷하다고 한다. 따라서 호흡은 천천히 길게 호흡하는 복식호흡이 장수의 한 방법이다.

흉식호흡(가쁜 호흡)이 나쁜 이유는 짧은 시간 내에 많은 산소를 흡입하기 때문에 재료를 태우고 남은 산소가 많아지며 이 산소가 활성산소로 변해 지방 등을 산화시켜 과산화지질을 만들고 이것이 건강에 나쁜 영향을 끼치기 때문이다.

반면에 복식호흡은 사람을 안정하게 만들지만 알레르기를 유발하는 부교감우위의 체질을 가져올 수 있다.

    그래서 걷기가 좋은 운동이라는 이유는 유산소운동으로
지방(지방은 근육 속에서 연소된다)을 태우며 활성산소의
발생을 적게 하기 때문이다.

-.재료(영양분): 우리 신체에 필요한 영양소는 탄수화물,
지질, 단백질이다. 그러나 신체 내에서는 이러한 영양소
를 이용할 수가 없다. 다시 말해 이들은 소화라는 분해과
정을 거친 후의 물질인 단당류, 지방산과 글리세롤, 아미
노산의 형태가 되어야 신체에서 유용하게 사용되어질 수
있다

*1.당질: 인간이란(다른 동물도 마찬가지이지만) 배불러
죽을 수는 없어도 배고파 죽을 수는 있다. 옛날에 인간은
항상 먹을거리를 걱정하고 살았다. 그래서 인간의 몸 구
조는 굶주림을 가상해(대비해) 진화되어왔다. 혈당을 낮
추는 호르몬은 인슐린 하나뿐이지만 혈당을 높이는(배고
픔에 대비하는) 호르몬은 글루카곤을 포함해 10여종이 존
재한다. 또한 영양분을 지방으로 저장하기도 한다.

    이러한 관리에 역치(閾値)가 작용하는데 적절한 역치와
두 길항적 성격의 생리물질, 예를 들면 인슐린과 글루카
곤(및 기타 혈당증가 호르몬)의 길항작용에 의한 단조화
주기가 형성될 때 몸은 건강한 상태가 되는 것이다. 이러
한 선순환의 단조화주기에 있어서는 버퍼(buffer 완충)가
중요하다고 했다. 이를 도식으로 살펴보면

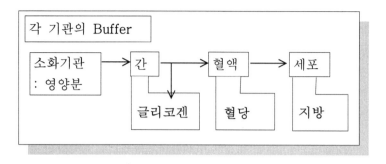

각 기관의 Buffer

소화기관
: 영양분 → 간 → 혈액 → 세포

글리코겐   혈당   지방

　위에서 소화(분해)시키고 소장에서 대부분 흡수된 영양분은 간문맥이라는 혈관을 타고 간으로 이송된 다음 간에서 독성물질을 걸러내는데 그 중에서 에너지원으로 제일 중요한 포도당의 일부는 글리코겐으로 저장하고 나머지는 혈관을 통해 각 세포로 전달된다.

　그래서 혈관이란 에너지발생에 사용되는 재료(포도당)를 중간에 모아놓는 창고(Buffer 버퍼)구실을 한다. 이러한 창고에는 적정량[혈당]이 보관되어야 하는데 이를 관리하는 것이 췌장에서 생성되는 인슐린(혈당감소)과 글루카곤(혈당증가)이다. 이 혈당의 수치(역치)가 높으면 일정량을 남겨두고(버퍼) 나머지는 세포로 이송 후 사용하거나 지방으로 저장(버퍼)된다. 신체는 이렇게 저장된 에너지를 사용하게 된다.

　당질(포도당)은 섭취 후 바로 혈당을 높일 수 있으므로 마치 특공대와 같은 역할을 하고 지방은 천천히 에너지를 생성하므로 일반 병사와 같은 주력부대의 역할을 한다.

그래서 신체는 평상시에 주 에너지원으로 지방을 사용하고 신체의 가장 주요부위인 뇌와 신경세포는 포도당을 직접 사용한다. 만약 신체가 격렬한 운동을 하면 일종의 비상상황으로 근육 속에 있는 글리코겐을 포도당으로 변환해 신속히 에너지를 공급한다.

버퍼(혈액과 간)에 들어있는 포도당이 소진이 되면 사람은 허기를 느끼게 되어 식사를 통해 다시 포도당을 보충시킨다.

*2.단백질: 단백질은 소화기관에서 아미노산으로 분해된 후에 체내로 이송된다. 각 세포로 옮겨진 아미노산은 각각의 DNA에 의해 자신의 세포(단백질로 구성)로 재구성(아미노산에서 단백질로)되어 신체의 조직을 형성한다. 그래서 각 신체 조직의 생존기간은 몇 개월 되지 않는다. 계속 새로운 세포로 교체된다. 즉 1년 전의 자신과 현재의 자신은 완전히 다른 새로운 물질로 대체된 것이다.

흔히 육식은 건강에 나쁘고 채식은 건강에 좋다고 생각하지만 그것은 고기(육식)에 들어 있는 지방성분 때문이다. 단백질 자체로만 보았을 경우에는 고기가 야채보다 훨씬 효능이 좋은 단백질 공급원이다.

*3.지질: 지질이란 물에 녹지 않고 유기용매(벤젠…)에 녹는 것을 말한다. 일정온도에서 고체인 것을 지방(fat), 액체인 것을 기름(oil)이라고 한다.

동물성지질-융점 높음-일정온도에서 고체-지방

　포화지방산(사람보다 체온이 높은 동물성 고기(소, 돼지, 닭…)를 먹으면 혈관이 막힐 수 있음)

식물성지질-융점 낮음-일정온도에서 액체-기름

　불포화지방산(불안정하여 산소와 결합하여 산화물질이 되기 쉽다. 그래서 불포화된 부분에 수소를 첨가하여 만든 것이 마가린, 쇼트닝과 같은 고형성(固形性) 기름이다. 그러나 이것들이 요리 중에 가열되며 더 나쁜 영향을 끼친다. 특히 구조도 트랜스(시스에서)로 바뀌면서 체내 가장 안 좋은 기름인 트랜스지방이 되는 것이다. 또한 불포화지방산 중에는 오메가3 지방산(곡류)과 오메가6 지방산이 있어 서로 길항작용을 한다.

　참조)신체는 탄소화물과 단백질은 저장하지 않고 지방만 저장한다(지방이 같은 량에 비해 고칼로리이기 때문에 적은 공간을 이용한 저장에 효율적임-에너지 극소 소비 원리). 그래서 탄소화물은 혈당에서 콩팥을 통해 소변으로 배출되고 단백질은 요산으로 배출된다.

-.체온: 건강한 체질이란 체온을 잘 유지하는 체질이라고 했다. 그 이유는 사람이 생명을 유지하고 질병을 이겨내기 위해서는 에너지가 필요하다. 그런데 음식물과 산소가 공급되어도 체온이 낮으면 에너지 대사의 효율이 떨어진다.

그래서 건강을 위해 체온유지는 무척 중요한 것이다. 사람의 신체 중에 체온에 영향을 미치는 부위가 근육부위이다. 근육은 영양분을 지방으로 저장하는 장소인데 지방이 체온에 민감하다. 온도가 내려가면 지방이 굳어지는데(고체가 되는데) 이럴 경우 신진대사에 이상이 생긴다.

그래서 특히 근육이 많은 신체부위 즉 엉덩이, 허벅지, 팔뚝 부위는 항상 따뜻하게 할 필요가 있다.

2.감각기능 - 역치(閾値)에 대하여

사람의 몸은 길들이기 나름이다. 즉 우리 신체는 자신이 어떻게 길들이냐에 따라 습관화가 되어 적응되어진다. 길들인 다는 것이 무슨 의미인가? 그것은 신체란 각 부위에 감지되는 값에 의해 반응하며 이러한 감지되는 값은 자신의 습성에 의해 변화 가능하다는 것이다.

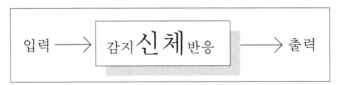

입력 ⟶ 감지 신 체 반응 ⟶ 출력

사람의 몸은 일종의 닫힌계이다. 그래서 어떤 입력에 대해 감지하고 감지한 값에 대해 반응하여 출력하게 된다. 이러한 신체내의 변화도 물리화학적 법칙의 지배를 받게 되는데 자연과학 편에서 기술한 것과 같이 역학적 에너지는 열에너지와 운동에너지로 구분된다고 했는데 열에 대하여는 위에 설명을 했고 운동에 대해 감지와 반응에 대해 알아보자.

 사람의 체내에 발생되는 여러 가지 변화, 예를 들어 병(病)의 진행인 경우 연속적인 변화가 이루어진다. 그러나 감지하는 감각기관(자각自覺하는 기관)에서는 불연속인 감지가 이루어진다. 즉 진행에 의한 변화의 크기가 일정한 크기(역치閾値) 이상일 때 자각증상을 느끼게 된다. 그래서 병이 한참 진행되어도 못 느끼다가 어느 날 갑자기 자각증상을 느끼고 검사를 받아보면 이미 병은 한참 진행된 것을 알 수 있다. 이렇게 인간내부의 여러 가지 감지기관(sensor)들은 연속적으로 감지를 하면 빨리 피로해져서 일찍 기능저하를 가져오기 때문에 일정한 수치 즉 역치 이상일 경우에만 감지할 수 있게 발달해 왔다. 그래서 인간 내부에 이러한 역치가 형성이 되면 **비의도적인 대사작용**을 할 수 있게 된다.

예)담배를 처음 피울 때에는 감각의 역치가 형성되지 않아 피우다가 안 피우다가 하여도 체내대사에 영향을 주지 않으나 계속 피워서 니코틴의 흡수량이 일정량을 넘어서면 정신적 기쁨을 느낄 경우 즉 역치가 형성될 경우에 그 후에는 니코틴 함량이 적은 담배를 피워도 체내에서는 정신적 기쁨을 느끼기 위해 니코틴을 역치까지 최대한 흡수하게 된다.

예)사람이 음식물을 섭취하여 위장 내에 일정량이 되면

포만신호를 발생하여 더 이상 식사를 하지 못하게 한다. 그런데 인간의 위장은 어느 정도 신축성이 있어 식사를 계속 많이 하는 습관을 들일 경우 포만에 대한 역치가 높아져 많은 양의 음식을 먹어야 포만을 느끼게 되어 운동량에 대한 섭취량이 많아지므로 나머지 영양분은 지방으로 저장되어 비만해지게 되는 것이다.

예)배변(排便)을 보는 경우에 있어서도 사람이 변의(便意 대변보겠다는 느낌)를 무시할 경우 변의에 대한 감지수치(역치)가 높아지게 되고 따라서 변비가 되는 것이다. 그래서 변의를 느낄 때는 안 나오더라도 억지로 수단을 강구해 꼭 배변을 봄으로써 인위적으로 역치를 낮추는 행위를 해야 한다.

예)사람이 감지하는 것은 절대값이 아니라 상대적인 값이다. 즉 소리를 듣는 경우 옆에서 잡음이 생기면 듣기를 원하는 소리는 잡음보다 커야 한다. 그래서 소음이 많은 곳에서 근무하다 보면 소리를 감지하는 역치가 높아진다. 이런 상태에서 조용한 곳에서 이야기를 나누는 경우에 이미 감지에 대한 역치가 높아졌기 때문에 적은 소리의 경우에는 잘 들리지 않게 된다(난청).

인간의 육체는 길들이기 나름이다. 따라서 역치를 형성해 자신의 의지에 무관한 대사작용을 일으키게 하는 것은 문제가 된다. 이를 해결하기 위해 의식적이고 습관적인 반복적인 훈련을 통해 역치를 조정해야 한다.

정리32-1. 인간에게는 기쁨중추를 위한 감각역치 또는
슬픔중추에 대한 감각역치가 존재한다.

사람이 어떤 것에 중독되었다는 것은 위의 기쁨역치가
형성되었다는 것이다. 그렇게 되면 신체 내에서는 외부에
서 어떤 입력(예를 들어 담배를 피우는 경우)이 들어왔을
때 신체는 기쁨을 느끼기 위해서(좋은 것을 원하는 것이
신체의 본능이므로) 최대한의 흡수를 통해 역치에 도달하
게 만들어 기쁨을 느낄 수 있게 하는 것이다. 이것이 적
정하게 통제되는 경우는 기호품이 되고 통제가 되지 않는
경우는 중독이 되는 것이다.

그래서 사람의 감각의 진행은

필요한 것의 섭취 ---> 기호품의 즐김 ---> 중독

이 되는 것이다. 예를 들어 클래식음악의 감상 같은 경우
는 기호품의 즐김이 되는 것이다.

문명의 발달로 인간이 보다 풍족하고 여유롭게 살아가
게 되면서 (생존에 필요한)기본적인 욕구를 넘어서 기호
품에 대한 즐거움이 늘어나고 있다. 그런데 그것이 도가
지나쳐 점점 더 중독에 빠지는 경우가 많이 발생된다는
것은 참으로 경계해야할 것이다.

인간의 신체는 기나긴 세월을 통해 진화 내지는 변천되
어 왔다. 이러한 수많은 세월을 거치는 동안에 외부와의

전투와 타협을 통한 공생 등으로 인간의 신체는 종합과학이 적용되는 미묘하고 섬세한 기관으로 변화되었다. 그래서 신체의 건강을 위한 여러 가지 것들에 대해 다양한 관점을 통해 고찰할 필요가 있다.

3. 인간의 신체적 특질 – 인간과 동물의 차이

   -1. 직립보행: 골격계에 심한 무리(주기적인 휴식 필요)

   -2. 언어사용: 인간의 신체구조는 코와 폐를 잇는 기도와 입과 위장을 잇는 식도가 서로 교차하는 구조로 되어 있다. 따라서 폐에서 나오는 공기가 입으로 분출되면서 말을 하기 쉬운 구조로 되었다. 그러나 반면에 코뿐만 아니라 입으로도 호흡이 가능해졌다. 원래 호흡은 건조하고 차가운 공기를 싫어하는 폐를 위해 코의 비강부위에서 공기 중의 이물질을 제거하고, 공기를 데워주고, 촉촉하게 습기를 포함시키게 하는 공기정화조절기능이 있는 것이다. 또한 코 점막에서는 면역기능이 있어 세균 등의 침입을 방어하게 된다. 그런데 입으로 호흡을 하게 되면 여과되지 않은 나쁜 공기가 바로 폐로 들어옴으로써 병을 유발할 수 있게 되는 것이다.

   -3. 화식(火食 요리)

   　　*음식물에 잔재되어 있는 여러 유해균을 죽임

   　　*식품의 여러 유익한 효소들이 파괴됨

*소화가 쉬어 많은 양의 음식 섭취

-4.의복 및 주택

*외부 저항력 약화, 피돌기의 순환이 나빠짐

*가볍게 옷을 입고 수풀을 걸어보는 것이 좋다(풍욕 風浴).

-2.질병과 체질에 대하여

(1)질병의 의미: 병에는 2종류가 있다.

제1종 질병: 내부 장기(臟器) 자체의 이상으로 정상적인 신진대사를 못하는 경우(유전적 또는 사고로 인함)

제2종 질병: 장기는 정상이나 신체 대사 메커니즘의 이상으로 비정상을 유발하는 경우

(2)체질의 분류

1)이분법적 체질분류: 교감체질과 부교감체질

집단의 조직에 대한 관리는 두 가지가 있다. 하나는 중앙처리장치이고 다른 하나는 피드백시스템(부궤환 시스템 Negative Feedback system)으로 조절되어진다.

인간에게 있어서의 중앙처리 장치는 뇌라는 중앙관리 장치에 의한 중추신경계이고 분산처리 피드백장치는 자율신경계인 것이다. 중추신경계는 자신의 의지(대뇌 지시)대로 작동하는(수의 隨意) 기관인 반면에 자율신경계는 자신의 의지에는 무관한(불수의 不隨意) 피드백장치인 길항작용에

의해 작동되는 장치인 것이다. 피드백장치는 하드웨어인 기술 장치가 필요하다. 그러나 중앙 처리 장치는 소프트웨어를 사용하여 활용성을 극대화할 수 있다.

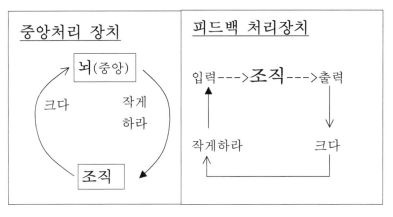

사람의 신체는 일종의 열린계이다. 외부에서 산소와 음식이 공급되면 이것들을 이용하여 에너지원을 얻고 부산물은 대소변을 통해 배출한다. 경제의 논리에서도 보았듯이 열린계를 분석하기는 무척 힘들다. 그런데 인간의 신체는 외부에서 공급되는 산소와 음식물, 배출되는 대소변은 일정하고 또 주기성이 있는 반복적인 것이다. 즉 경제에 있어서처럼 갑자기 대량으로 공급되었다가 예측 없이 빠져나가는 무절제한 형상은 아니다.

그래서 신체내부의 대사작용을 보면 닫힌계와 같은 양상을 가지고 작용하고 있다. 닫힌계에 있어서는 길항적 작용을 하는 P와 N의 존재의 파악이 중요하다. 인간은 고등동물로 진화하면서 중앙처리시스템으로 발전되어 왔으나 아직도 많은 부위는 분산처리시스템이 작동하는 곳이 있다.

신체의 신경계는 중추신경계와 말초신경계로 나누며 중추신경계(뇌와 척수)와 말초신경계의 체신경계는 자신의 의지대로 움직이나 말초신경계의 자율신경은 인간의 의지대로 움직이지 않는 불수의근으로 되어 있고 이러한 자율신경은 교감신경과 부교감신경으로 나뉘어져 서로 길항적 작용을 하고 있다.

활동적이고 즉각적인 대응은 교감신경이라는 곳에서 장기적이고 전략적인 대응은 부교감신경이라는 곳에서 대응한다. 둘의 성질을 살펴보면 교감신경은 P의 성질(과립구 담당)을, 부교감신경은 N의 성질(림프구 담당)을 가지고 있다. 각각의 성질을 항목별로 정리하면 아래도표와 같다.

항목	교감신경	부교감신경
성격	활동적	소극적
반응백혈구	과립구	림프구
잘 걸리는 병	암	알레르기
대응병균	세균	바이러스
활성 장기	심폐	소장 대장
잘하는 운동	순발력	지구력
콧물	끈적임	맑은 콧물
배설	변비	설사
우위시간(1일)	낮	밤
우위 기간	성년시절	어린 시절
활동편한 계절	겨울	여름

(물론 교감우위와 부교감우위를 파악하는 것이 딱 2분법

으로 구별되지는 않는다. 예를 들면 부교감우위의 사람
도 암에 걸릴 수 있다. 여기서 강조하는 것은 경향이 있
고 이에 미리 대비하여야 한다는 것이다.)

질병을 전쟁에 비유했는데 일반적으로 전투 병력은 크게
5분대기조와 정규군으로 나눈다. 5분대기조는 적군이 침투
했을 시 소수 정예 병력으로 즉각적으로 대처하는 것이고
정규군은 적군의 규모, 침입경로, 등 여러 정보를 수집해
전략적으로 방어하는 군사를 말한다. 신체도 이와 비슷한
방어체계를 가지고 있다.

이것은 서류처리 방식이 파일(pile)과 화일(file) 이 있
다고 했는데 pile은 5분대기조로 즉각적 대처 방식이고,
file은 정규군으로 정보를 수집 분류하여 전략적 방어하는
방식이다. 인간은 감기(바이러스)의 경우 즉각적 대처인
과립구로의 방어보다는 전략적 대처인 림프구 대처의 방어
방식을 사용하고 있다. 그래서 교감우위보다는 부교감우위
사람이 더 잘 병을 극복한다.

교감신경이 우위인 사람(과립구 비율이 높은 사람)은 활
동적이고 공격적이다. 따라서 세균이 침입 시 바로 공격하
고 부산물로 활성산소를 남긴다. 이 활성산소가 누적되면
암의 유발인자가 된다.

부교감신경이 우위인 사람(과립구에 비해 상대적으로 림
프구의 비율이 높은 사람)은 소극적이고 방어적이어서 외

부침입이 있을 경우 림프구가 신체 내 방어기전을 작동하며 이것이 과할 경우 알레르기의 현상으로 코 막힘, 맑은 콧물(카타르성 콧물) 흐름, 피부 발진 등과 같은 과민(過敏)현상이 나타난다. 어린아이(부교감우위 시절)의 경우에는 피부발진인 아토피성 피부염으로 나타나며 성인의 경우 알레르기 현상은 환절기 즉 겨울에서 여름으로 옮기는 4월~5월 또는 여름에서 겨울로 넘어가는 9월~10월에 많이 발생하게 되는데 이는 환절기에 체온조절이 따라가지 못하기 때문이다.

위의 기초지식을 토대로 교감신경우위(A타입이라 하자)와 부교감신경우위(B타입이라 하자)에 대해 신체가 자기방어체제로써 길항작용을 하는 메커니즘을 알아보자.

정의32-1.자율지수: 자율신경의 현 상태를 나타내는 즉 교감영역인가 또는 부교감영역인가를 나타내는 수치

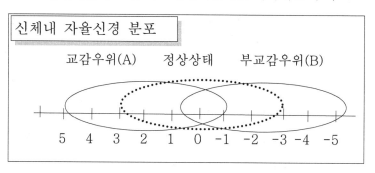

사람의 이상적인 상태(교감신경우위도 아니고 부교감신경우위도 아닌)의 자율지수값을 '0'으로 하고 교감우위일 경우 '+'의 값을, 부교감우위일 경우 '-'값을 가진다고 설

정하자. 그림을 보면 A는 교감우위의 사람으로 평상시 활동적이고 외향적인 성격의 사람이다. 이 사람의 경우 자율지수의 중간값이 2인데 활동량의 많아짐에 따라 교감신경의 증가로 값이 5까지 올라간다. 그런데 두 신경계는 길항작용을 하므로 5에서 역치(閾値)의 기능을 발휘해 부교감신경의 활동이 시작되어 4의 방향으로 진행된다.

여기서 5의 영역이 되면 과로 상태가 되므로 그 이상 계속 활동을 하게 되면 신체에 이상이 생기게 되므로 신체의 자율적 자가 방어의 행동(길항작용)에 의해 부교감신경이 활성화되고 이것이 신체에게는 어깨 결림, 피로, 아픔 등의 형태로 신호를 보내는 것이다. 이때 안정을 취하고 쉬게 되면 자율지수는 4→3→2→1→0→-1의 순으로 신체가 안정화 된다. 그 후 -1에서는 역시 다시 역치가 작동해 교감신경의 활동이 시작되며 신체의 주기적인 리듬을 형성하게 되는 것이다. 즉 이렇게 정상적인 주기의 형태로 신체의 신호를 통제하는 것이 **조화주기**상태의 신체인 것이다. 여기서 만약에 신체가 교감영역인 5의 상태에서 신체의 신호에 의해 부교감의 활동으로 4로 내려가다가 다시 과로를 하게 되면 자율지수는 3으로 가는 것이 아니라 다시 5→6→… 으로 증가되어 **편조화주기**(방향성의 주기) 상태의 신체가 되어 병으로 진행이 되는 것이다.

부교감우위의 사람인 B의 경우도 마찬가지이다. 신체란

편안하고 쉬는 상태의 지속이 좋은 것만이 아니다. 너무 편하면 신체가 역시 편조화주기 상태가 되어 병을 얻게 된다. 그래서 건강한 상태라는 것은 교감신경과 부교감신경의 중간상태에서 조화주기상태의 신체이어야 한다. 한의약에서는 이것을 음양화평지인(陰陽和平之人)이라고 한다.

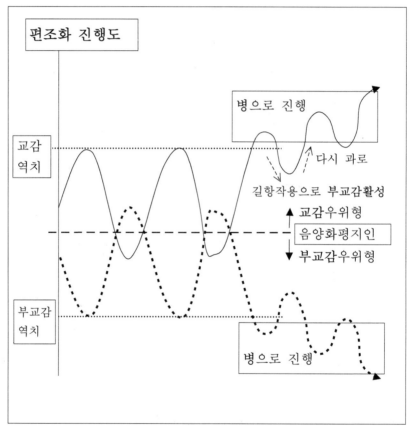

편조화 진행도

교감
역치

부교감
역치

병으로 진행

다시 과로

길항작용으로 부교감활성

교감우위형
음양화평지인
부교감우위형

병으로 진행

따라서 신체 생리지수에 대한 값의 추이는 변동폭이 작고 주기가 일정한 단조화주기 형태를 나타내야 하고 질병이란 편조화주기 상태로 진행되거나 발진형태(변동폭이 크게 움직이는 주기 - 스파이크)로 나타나게 된다.

생리지수는 시간의 함수이기 때문에 시간에 따른 인위적인 급변동도 신체에 많은 영향을 미칠 수 있다. 그래서 건강을 유지하기 위해 3불급을 지켜야 한다. 3불급이란 우리가 차(車)를 운전할 때 기름을 적게 먹고 차의 성능을 잘 유지하기 위해서는 운전 시 급발진/급가속/급제동을 하지 말아야 한다는 것으로 몸도 마찬가지인 것이다.

*3불급(三不急); 급발진, 급가속, 급제동을 하지 않는 것.

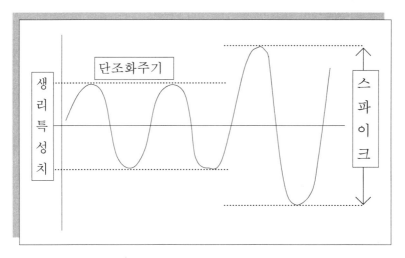

*스파이크; 생리지수의 변동폭이 큰 경우 스파이크가 발생되었다고 한다. 예)포도당스파이크; 공복 시 혈당치와 식후 혈당치의 차이가 큰 경우

예를 들면 흔히 다이어트에 실패하는 이유 중의 하나가 계속 굶다가 다이어트가 끝난 후에 적은 양의 식사로 천천

히 식사량을 키우지 않고 평소정도 또는 그보다 과하게 다시 식사를 시작하게 되는 경우이다. 우리가 하루 식사 특히 아침식사를 하는 것에 대하여 여러 의견이 많은데 아침식사를 하는 것이 3불급을 하는 방법이라 하겠다.

2)6분법(4+2)적 체질분류(한열습건수산 寒熱濕乾收散)

사람의 몸의 구조는 대나무와 유사하다. 입으로부터 소화기관을 거쳐 항문까지 긴 원통구조로 이루어졌다(위장관과 근혈관).

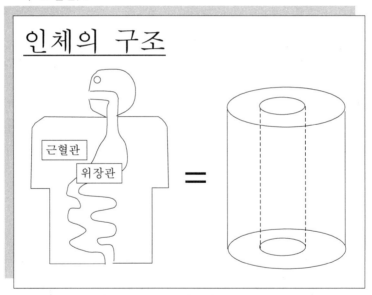

사람의 몸은 외부와의 경계(점막: 소화기, 호흡기, 피부)와 신체(순환계, 골격계)의 구조로 이루어졌다. 만약 외부에서 이물질이 침입하였을 시 일차적으로 경계(점막)에서 방어하게 되어 있다.

소화기관인 입에서 음식물(일종의 이물질)이 들어오면 입, 위장, 소장, 대장을 거쳐 소화흡수를 시킨 후 나머지는 배설된다. 이때 필요한 영양분은 흡수하고 해로운 이물질에 대해서는 면역반응을 일으킨다.

이러한 신체 구조에 의거해 사람의 몸은 여러 가지의 체질로 분류하고 특성지어질 수 있다.

1.상하(上下)의 순환구조

사람의 체온은 36.5도 정도이다. 보통 실내의 물의 온도는 체온보다 낮은 차가운 물이다. 이러한 물을 마시면 체온을 낮추게 한다. 또한 물은 단시간에 장까지 내려갈 수 있기 때문에 물을 한꺼번에 쉬지 않고 마시게 되면 아래 배가 차가워지게 되며 이로 인해 대장증세가 나타나는 것이다.

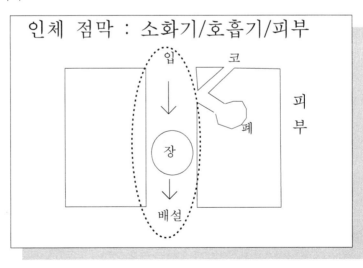

인간이 가장 생활하기 좋은 기후는 섭씨23도 전후에 55% 정도의(상대)습도일 경우이다. 이러한 기후는 비가 적당히 와서 강과 바다에 물이 흐르고 다시 증발되어 구름이 되고 이 구름에 의해 비가 내려서 식물들이 잘 자라고 강물이 흐르고 다시 증발되는 등의 선순환적 자연생태를 이루는 것이다.

사람마다 세포에 함유된 수분의 함량이 다르기 때문에 체질상의 비열(물체의 온도를 1도 올리는 데 필요한 열량)이 다르다. 즉 사람이 음식물을 먹고 이를 에너지원으로 바꾸어 일정 체온을 유지시키는 데 있어서 비열이 높은 사람은 발생된 에너지의 소모가 많이 되는 반면 비열이 낮은 사람은 적은 에너지소모(온도를 올리는 데 소모되는 에너지가 적음)로 인해 남은 에너지는 저장이 되면서 뚱뚱한 체질이 된다. 그런데 이 비열은 세포들에게 있어서의 수분 함량과 관계가 있으므로 물의 흡수(섭취가 아님)가 체질과 중요한 관련이 있는 것이다.

사람이 음식물을 먹게 되면 소화기관을 거쳐 (중력 및 식도운동에 의거) 자연히 아래로 내려가게 된다. 따라서 사람의 내장에 있어서 아랫부분에 있는 신장, 대소장, 간장 등은 (이 부분을 하초下焦라고 한다) 물이 많이 있게 되어 차가운 성질을 갖는다. 반면에 열기는 물리적으로 위로 올라가는 성질이 있어 폐와 심장(상초 上焦)은 뜨거운 성질을 갖는다.

자연계의 순환에서도 보았듯이 인체내부에서도 이러한 성질들이 순환적 구조를 가져야 한다. 즉 차가워진 하초는 열을 주어 뜨겁게 하여 위로 올라가게 하고 뜨거운 상초는 식혀서(차갑게 하여) 아래로 내려 보내야 신체내의 열 순환이 원활하게 이루어져 건강한 체질을 갖게 되는 것이다.

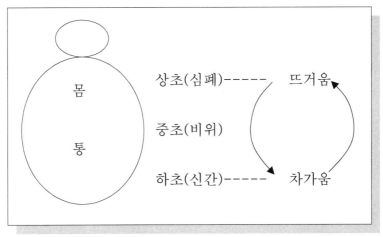

이와 같은 모형은 주역 편에서 보았을 시의 태(泰)괘와 비(否)괘를 나타낸다고 할 수 있다. 즉 양(천)이 위에 있고 음(지)이 아래에 있는 것이 비괘로 안 좋고 이것이 순환되는 형식인 양이 아래 음이 위로 진행되는 태괘이어야 좋다는 것이다.

이러한 열 순환에 결정적인 역할을 하는 것이 혈액이다. 즉 혈액은 뜨거워진 심폐 기능을 식혀주고 그로부터 받은 열기를 순환하면서 아래 하초로 내려가 하초 부위를 데워

준다(열교환). 이로써 다시 차가워진 혈액은 상초로 올라가 심폐를 식혀주어 전체적인 체온의 균형(balance)을 유지시켜 주는 것이다. 그래서 건강한 체질을 유지하기 위해서는 맑고 건강한 혈액의 흐름이 절대적으로 중요하다.

머리는 인체부위 중에서 가장 에너지를 많이 소모하는 부위이다. 그래서 열이 가장 많이 나게 되며 이러한 열을 빨리 식혀주어야 뇌의 기능이 원활하게 동작된다. 다리부분은 위에서 설명한대로 혈액을 심장으로 힘차게 올려주어야 전체적인 혈액의 순환이 좋게 되는 것이다.

2.표리(겉과 속)의 한열 쌍대구조

사람이나 식재의 덥거나(열 熱) 추운(한 寒) 성질을 말한다. 특히 사람은 자연과 비슷하게 표리(表裏 신체의 겉과 속)에 대한 성질을 가지고 있다. 더운 여름에 지하수를 파보면 차가운 물이 나온다(상대적 느낌). 반면에 추운 겨울에 땅을 파보면 따뜻한 물이 나온다.

사람의 몸도 비슷하여 여름에는 피부부위(겉)의 온도가 높고 내장부위(속)의 온도는 낮다. 겨울에는 이와 반대로 내장부위의 온도가 높다. 물론 여름에는 덥기 때문에 찬 것을 많이 먹고 겨울에는 춥기 때문에 더운 것을 많이 먹어서 그렇기 때문이기도 하다.

사람의 몸은 겉(표)과 속(리)에 따라 한열이 차이가 나는데 이것을 분류하면 열과 한이 신체 위치에 따라 체질에 의해 다르게 분포되어 있다.

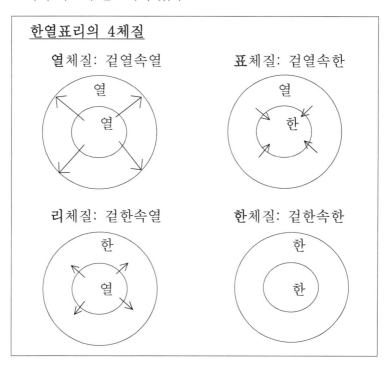

한열표리의 4체질

열체질: 겉열속열

표체질: 겉열속한

리체질: 겉한속열

한체질: 겉한속한

건강한 체질이란 음양조화를 이루며 체온을 잘 유지하는 사람을 말한다. 한열표리의 4체질에서 열체질의 사람은 내부의 열을 피부까지 발산할 수 있는 사람으로 이러한 피부의 열을 실열(實熱)이라고 한다. 반면에 표체질의 사람은 피부에 열이 있어 추위를 잘 타지는 않지만 이 열이 내부에서 발산되는 열이지만 체내 생성된 에너지가 소량으로 표피에 열을 유지시키다 보니 상대적으로 내장은 추운 구조를 가지고 있는 체질로써 이러한 피부의 열을 허열(虛

熱)이라고 한다.

몸의 내부가 차가운 표체질(한체질도 포함)은 소화기 계통이 좋지 않고 따라서 배앓이 병(설사 또는 변비)으로 고생을 한다. 반면에 리체질은 내부에 열기가 있어 소화기 계통은 양호하나(약간 변비성) 수렴적 성질이 있어 추위를 잘 탄다. 또한 표피(심장보다 먼)에 있는 부위의 손상이 쉽게 되어 동상 등의 병이 나기 쉽다.

3.불과 물의 조화(건조함과 습함)

신체는 불과 물의 조화로 이루어진 유기체이다. 에너지는 뜨거운 (불의)성질을 가지고 있고 물은 차가운 성질을 가지고 있다. 사실 물은 뜨거운 성질(온수)과 차가운 성질(냉수)를 다 가지고 있어 몸이 더울 경우 땀 등을 통해 체온조절이 이루어진다. 그래서 위의 한열에 더해 건습 조건이 신체 상태를 나타낸다.

속(위장관): 건열, 습열, 건한, 습한

겉(근혈관): 건열, 습열, 건한, 습한

4.3종 인자의 조합(불과 물 그리고 수렴발산)

위 한열건습에 더해 대사작용에 중요한 것으로 수렴 또는 발산의 성질이 있다(한열습건수산). 통상적으로 식초맛(酸味)은 수렴의 성질을, 매운맛(辛味)은 발산의 성질을 가지고 있다.

수렴성 체질은 위장관에 열이 많은 체질이다. 또한 수분을 땀보다는 소변으로 배출한다. 그래서 소변을 자주보거나 환절기에는 카타르성 콧물(콧물에 점성이 없고 물같이 흐르는 증상)을 유발한다. 또한 피부가 건조한 편이다(비염 등의 알레르기 체질).

위장에서 흡수한 영양분은 맨 먼저 간을 거친다. 간은 해독작용과 더불어 글루코겐도 저장하는 기능이 있다. 글루코겐은 간과 근육에 저장된다. 그래서 수렴체질은 주로 간에 발산체질은 주로 근육에 저장되어 활동성을 넓힌다.

3)혈액 관련체질(피의 끈적한 정도)

 1.용혈성(溶血): 피의 흐름이 원활하나 출혈 시 응고가 잘 안 됨, 피돌기가 잘되어 겨울철 적당한 추위에는 손발이 따듯하나 수렴체질인 경우에 강추위에는 심장보호를 위해 급격히 손발의 피돌기가 감소될 수 있다(아스피린 같은 용혈성 제재는 복용 삼가).

 2.응혈성(凝血): 용혈성과 반대로 출혈 시 응고는 잘되나 피의 흐름이 원활하지 않아 뇌졸중 같은 노인성 질환에 위험.

4)최종 체질 분류

 기본: 1종(장기 자체문제), 2종(메커니즘 문제)

 1.위장관(또는 근혈관): 습한/습열/건한/건열

 2.발산체질이냐(땀이 많음)/수렴체질이냐(소변 자주)

 3.혈액이 용혈성이냐(지혈이 잘 안 됨)/응혈성이냐(혈관

막힘이 발생)

주의)발산체질은 주로 교감신경 체질이며, 위장관은 차갑
고, 근혈관은 뜨겁다(수렴체질은 그 반대이다). 그러
나 체질은 그 경향이 1종(장기 자체문제)이냐?, 2종
(메커니즘 문제)이냐? 에 따라 다르고 복합적 상호작
용이 있어 각각을 자세히 검토해야 한다.

참조)신체방어도 일방적 균의 침투가 아닌 방어력과 외부균
의 평형에서 한쪽이 무너질 때 발생된다.

여담)차를 새로 사서 잘 사용하다 시간이 지나면 여기저기
고장이 나서 정비소에서 고친다. 나중에는 폐차를 하고 새
것을 산다. 인간의 경우에도 태어나서 잘 활동하다 병이 들
면 의사에게 가서 치료를 반복한다. 그러나 아무리 치료가
완벽해도 신이 준 본래의 신체보다는 못하다. 그리고 나서
나중에 죽으면······.
그래서 신(神)이 윤회를 통해 생생한 몸을 다시 주는 것
이 섭리라고 하면, 죽음도 과히 나쁜 것만은 아니다.

4. 품질

　제품에 대한 품질의 특성치도 일종의 폐집합을 이룬다. 이러한 폐집합은 부분집합에 의해 분류되어지며 이러한 부분집합을 생산 공정상 'LOT'라고 한다. 폐집합이란 단조화주기를 갖는 것처럼 LOT도 일정한 변동폭(tolerance)을 가지는 집합이다.

　여기서 몇 가지 정의를 하여보자.

　　정의23-1.LOT; 제품생산에서 같은 시간 같은 조건에서 작업한 일련의 제품집단

　　정의23-2.TYPICAL VALUE: LOT로 구성된 제품의 시료에 있어서 어떤 특성에 대한 측정값들의 최빈수(M_0)

　　정의23-3.POOL LOT: 생산에 사용되는 장비를 보통 작업자가 작업 시 정상작업이 가능하게 하는 TYPICAL VALUE의 tolerance내에 들어가는 시료들의 집합

　　정의23-4.GQ(Quality of Good): 생산 제품에 내재되어 있는 불량 함유율에 대한 품질도

　　정의23-5.GQ(Quality of Good): 생산중인 자재에 있어서 그 제품이 양품 또는 불량의 여부에 관계없이 공정 중 측정된 특성 값이 Typical Value와 tolerance내에 들어가는지 여부를 판단하는 품질도

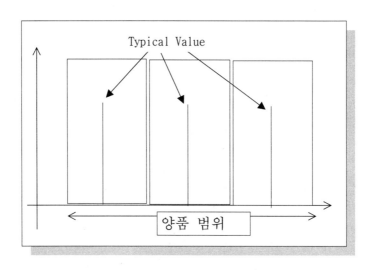

Typical Value

양품 범위

상기 이론을 수학의 군(群)론을 이용하여 전개하여 보자. 우선 군론을 전개하기 위해서는 산법(算法)이 정의되어야 한다. 한 공정의 제품수량을 n개라 하고 각 제품을 $U_1 \cdots U_n$, 이라고 할 때 V_{Ui}를 어떤 공정에서 제품 U_i의 특성을 측정한 값이라고 하자.

정의23-6. 근방의 산법: 두 자재의 특성에 대한 측정치가 오차범위 내에서 같은 값을 취할 때 즉 $|V_{Ui}-V_{Uj}| < \varepsilon$ (ε 은 적당한 작은 수)일 경우를 근방의 산법이 적용된다고 하고 이때 U_i와 U_j는 같은 LOT(POOL LOT)에 포함된다고 한다.

제품 제조상의 어떤 한 공정(A)에 있는 자재의 특성치를 측정한 값들의 집합을 M이라 하고 그 다음 공정(B)의 작업단위의 집합을 N이라고 할 때 A공정에서의 집합M에서 B공정의 집합N

156

사이에는 준동형사상이 존재한다.

집합M과 N사이에는 함수 f가 존재하고 산법을 '-'(minus)라고 규정하면 $f(Vui-Vuj) = f(Vui)-f(Vuj)$가 성립됨을 알 수 있다. 즉 준동형사상의 조건에 부합된다.

정리23-1.공정 간의 동형: 제조 공정에서의 한 공정의 특성치의 집합M과 다음 공정의 작업단위의 집합N, 그리고 집합M에서의 Typical Value P 사이에는 상군(商群)M/P가 존재하고 이 상군 M/P는 N과 동형이다.

그래서 집합 M의 원소들에 대한 Typical Value의 집합(P_1, ……P_k)이 존재하고 그의 상군 M/P_i에 대응하는 N의 부분집합 N_i가 존재한다. 즉 $M/P_i=Ni(i=1～k)$. 여기서 P_1,……P_k를 집합 M의 Class Number이라고 하고 집합 M은 이 Class Number에 의해 생성된다고 한다.

작업 시 전(前)공정에서 상군에 의해 분류되어 다음 공정으로 넘어가면 다음 공정은 분류된 것에 맞게 장비를 세팅(setting)하여 작업을 하는 것이 가장 효율적이다.

정리23-2.조립법칙(예비1): GQ Quality보다 CQ Quality가 작업공정에 있어서는 더 중요하다.

예)사격할 경우 탄착군 형성에 대해 생각해 보자.

①10발이 전부 목표지점에 들어가 탄착군을 형성

②3발은 목표지점에 들어가고 7발은 산발

③10발이 전부 목표지점을 빗나갔으나 탄착군을 형성

여기서 ③번은 장비의 영점조정만 하면 전부 합격이 될
수 있다.

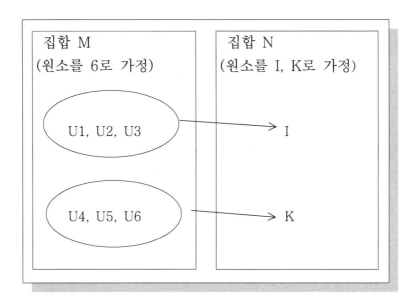

작업자가 작업을 처음 시작하면서 점점 숙달될 때까지 생산
량과 품질 간에는 일정한 관계가 있다. 초창기에는 품질을 높
이기 위해서는 생산량이 적어질 수밖에 없다. 그런데 숙달이
될수록 생산량과 품질은 비례관계를 갖는다.

이것은 바로 암묵지에 의한 손끝의 기술을 익혔기 때문이다.

이러한 암묵지에 의한 작업은 마치 우리가 영어를 배울 때
예를 들면 호랑이를 볼 때 '호랑이'라고 생각한 후 호랑이를
Tiger로 변환한 후에 Tiger라고 하지 않고 호랑이를 보는 순간
바로 Tiger라고 해야 하는 것과 같다(국부말초운동).

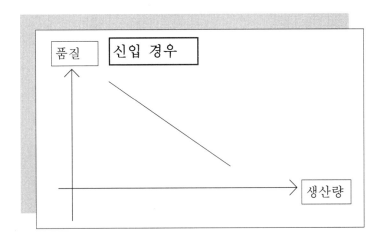

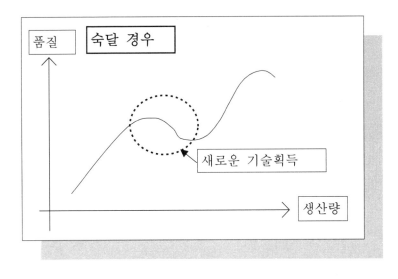

정리23-3.조립법칙(Productivity Fundamental Theorem):

가장 좋은 생산 방법은 CQ 100%의 전(前)공정 자재를 가장 에너지소모가 적은 말초국부 운동신경을 이용한 암묵지적 작업 방법을 사용하는 것이다.

예)테니스공을 제작하는 데 있어서 공위에 8자(字) 털을 붙이는 작업을 생각해 보자. 이것을 일반적으로 작업할 경우에는 큰 공, 중간 공, 작은 공이 섞여 있어 작업이 불편하다.

이것을 크기별로 재구성하여 CQ 100%로 바꾼 뒤에 각각의 작업자가 비슷한 크기의 공을 작업하면 작업효율이 극대화된다(공의 크기를 선별해야 하는 중간공정이 필요할 수가 있어 비효율적으로 보이지만 전체적인 공정효율로 볼 때 이 방법이 더 효과적이다).

기업의 조직은 전쟁에 임하는 군대와 같다. 전쟁이 일어나면 우선 장군은 참모를 소집하여 작전회의를 하며 이때 제일 먼저 하는 일은 지도를 꺼내어 보는 일이다. 지도를 봄으로써 지형지물을 파악하고 공격과 방어의 전략을 세우게 되는 것이다. 그것은 지도라는 것이 전쟁에 있어서 한눈에 모든 상황을 나타내어 주기 때문이다. 기업 간의 경영에서도 마찬가지이다. 기업이 추진하고 있는 사업의 상황을 정확히 파악하기 위해서는 사업Project를 올바로 판단 설명하여 주는 상황판의 작성이 필요하다. 이러한 상황판을 MAP이라 칭한다. 여기서 MAP이라는 것은 단순 그림을 뜻하는 것이 아니라 한 화면에 정보량을 도형화, 수식화하여 한눈에 감(感)을 잡을 수 있는 형태로 표현하여 관리할 수 있게 하는 것을 말한다. 즉, "한눈에 관리"할 수 있는 자료를 말하는 것이다.

우리가 작업현장을 관리할 때 정리 정돈을 우선순위로 삼는다.

*정리: 필요한 것과 필요 없는 것을 구분해 놓는 것

*정돈: 필요한 물품을 필요한 장소에 갖다 놓는 것

이것을 Map작성에 적용하여 보면 필요한 자료를 **한눈에** 알 수 있게 적절한 배치(필요한 위치)를 하는 것이다.

Map의 기법은 의외로 중요하고 광범위하게 쓰인다. 옛날에 천 원짜리와 만 원짜리 신권이 나왔을 때 색깔이 비슷하여 사람들이 혼동을 많이 하였다. 아래 세 경우 중 어느 것이 식별이 용이한가?

①1000과 10000　②1,000과 10,000　③1천과 1만

신권은 제일 구별하기 힘든 ①번을 사용했다.

이러한 Map을 이용한 기법으로 프로화일(Profile)이라는 개념이 있다. 계(系 System)의 특성을 한 눈에 볼 수 있는 Map으로 작성하는 것이다. 많은 경우의 사회적, 과학적 여러 현상들을 프로화일의 개념을 사용해 분석하면 쉽고 빨리 해결할 수가 있다. 제조업체의 전산화 시스템인 ERP system도 역시 프로화일의 개념을 적용해 각 직급별 관리지수를 설정하여 관리하면 훨씬 효율적인 관리를 할 수 있게 된다.

5. 주역에 대하여

상대개념에 대한 대표적인 동양의 사상이 주역이다. 이는 근본적으로 세상은 상대개념이라는 연역적인 생각에서 출발한 것이다. 이러한 주역에 대해 자세히 알아보자.

주역(周易)을 처음 공부할 때에 가장 궁금한 것의 하나가 바로 태극(太極) 모양이다. 어떻게 해서 태극 모양을 만들었을까 하는 것이다.

아래 그림과 같은 태극 모양을 만든 근거는 무엇일까 굉장히 궁금하게 생각하였다. 그런데 어느 날 병뚜껑을 열다가 그 원리를 깨우쳤다(그 병뚜껑은 돌려서 따는 것이었다). 즉 병뚜껑을 열려면 그림처럼 왼쪽방향으로 힘을 준다. 그러면 열리게 되고 만약 뚜껑을 닫으려면 다음 그림의 방향으로, 즉 오른쪽으로 힘을 주어야 한다. 그러면 닫히는 것이다.

그럼 열리는 것을 양(陽)이라고 하고 닫히는 것을 음(陰)이라고 하면 한번 열고 한번 닫을 때 그것이 바로 일음일양지위도(一陰一陽之謂道)가 된다.

그렇게 일음일양(一陰一陽) 즉 한번 열고 한번 닫는 그림이 바로 태극의 모양인 것이다. 이것을 첫머리와 끝머리를 서로 이으면 원형이 되는 것이다. 즉 원형이 태극을 뜻하고 그것이 음(陰)과 양(陽)으로 분리되었을 때 태극 모형의 그림을 나타내게 되는 것이다.

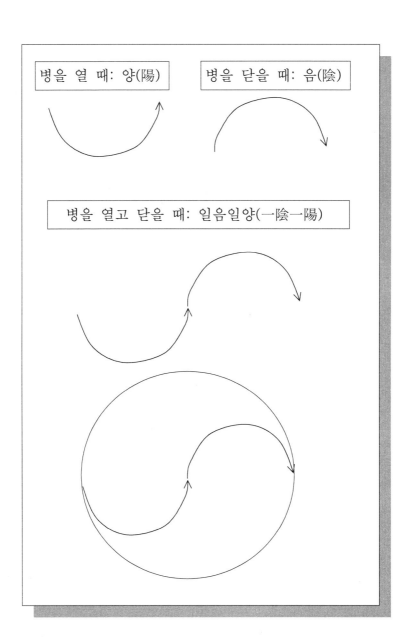

이것을 팔괘(八卦)모형을 적용하여 그림을 그려보면 다음 그림과 같고 이것이 바로 복희선천팔괘 그림이다. 즉 건태이진손감간곤(乾兌離震 巽坎艮坤)의 차례를 태극모형과 같은 원리로 배열시킨 것이다. 즉 절반은 열린 방향(乾-震) 절반은 닫힌 방향(巽-坤)인 것이다.

복희 선천 팔괘도

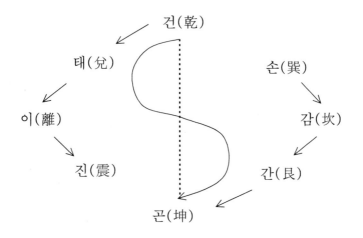

그 다음은 문왕(文王) 팔괘이다. 복희 선천지도는 생성의 기본원리를 문왕후천지도는 변화의 원리를 담은 것이다. 위의 문왕 후천지도는 낙서(洛書)에서 나온 것으로 (복희 선천지도는 하도河圖에서 나왔음) 이 숫자는 마방진(魔方陳)을 배열한 것으로 가로 세로 대각선의 숫자의 합이 15로 동일하다. 그리고

가운데 5는 태극으로써 생수(生數)에 대한 성수(成數)로의 변환을 하게 하는 숫자이다. 즉 1에 대한 성수는 6(1+5), 2에 대한 성수는 7(2+5)등 이다. 이를 응용한 것이 문왕 후천 팔괘도이다.

문왕 후천 팔괘도

3이(離)

5손(巽)   8곤(坤)

4진(震)   2태(兌)

7간(艮)   1건(乾)

6감(坎)

태극에서 음양 사상 팔괘로 전개되는 것은 우주의 질서에 관한 것이다. 즉 안정된 체계의 질서를 나타낸다. 반면에 오행은 생(生)과 극(克)에 대한 것이다. 그래서 계절의 사시사철 즉 봄 여름 가을 겨울은 자연의 질서의 운행을 나타내는 것으로 오행으로 해석하면 안 되고 사상으로 해석하여야 한다.

위의 사상을 복희 팔괘도에 적용하여 그려보면

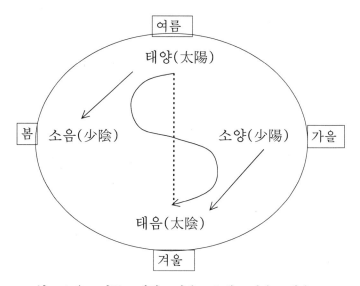

봄: 소음, 여름: 태양, 가을: 소양, 겨울: 태음

음양에서 사상, 사상에서 팔괘, 팔괘에서 64괘로 전개되며 주역은 이 64괘에 대해 기술된 책이다. 이 중 중요한 괘에 대해 설명을 하여보자.

주역에서의 첫 번째 괘인 건괘(乾卦)는 닫힌계를 대표한다.

닫힌계의 대표적인 성질은 P와 N이 같은 계(系) 안에 있는 것으로 경계가 존재한다는 것이고 추세적이라는 것이다. 건괘에서 가장 중요한 것은 용구(用九 양에 대한 쓰임새)로써 '추세적으로 용(龍)이 올라가지만 최상의 상태는 취하지 않는 것이 길(吉)하다(見郡龍無首吉).'는 것이다. 이것은 물극필반(物極必反)의 개념으로 P가 추세적으로 진행하다가 궁극에 가서는 N으로 된다는 것이다(上九 亢龍有悔).

또한 추세적이라는 것은 복리행동이니 상(象)에서 이르기를 '하늘은 굳건하니 군자는 이로써 쉬지 않고 부지런히 노력한다 (象曰 天行健 君子以自疆不息).'이라고 표현하였다.

건괘(乾卦) 곤괘(坤卦) 태괘(泰卦) 비괘(丕卦)

반면에 곤괘(坤卦)는 열린계를 대표한다.

그래서 용육(用六 음에 대한 쓰임새)은 '영원히 곧으니 이로써 크게 끝냄이 있게 된다(用六永貞 以大終也)'라 하였다. 또한 이러한 것은 '하루아침에 생기는 이유로 인한 것이 아니니 (非一朝一夕之故)'라고 표현하였다.

즉 1인자(건괘)는 항상 반대파가 생겨 위태롭지만 2인자(곤괘)는 끝까지 살아남을 수 있다는 것이다.

태(泰)괘는 긴 시간이 지나면 평등해진다는 의미를 담고 있다. 즉 태괘는 상(上)괘가 곤(坤 - 地)괘요 하(下)괘가 건(乾 - 天)괘로써 땅이 위에 있고 하늘이 아래에 있는 것이고 이것은 땅은 아래로 하늘은 위로 움직여 시간이 지나면 제자리를 찾아간다는 것이다. 그래서 태괘는 길(吉)하다.

반면에 비괘(否卦)는 하늘이 위에 있고 땅이 밑에 있는 괘로 이미 제자리를 잡은 패이다. 즉 건괘에서 볼 때 5효에 해당하는 것으로 추세가 극에 달한 상이다. 그래서 그 후는 흉(凶)한 상을 나타내게 되는 것이다.

P는 N을 이기는[극 克] 성질을 가지고 있다. 그래서 N은 P를 바로 이기지 못하고 N'로 변(變)한 다음[생生한 후]에 N'가 P를 이길 수 있다. 이것을 도형으로 표현하면 아래와 같고 이 삼각관계를 계속 연결시켜 적용하면 오각형 모양이 된다(주역 편 참조).

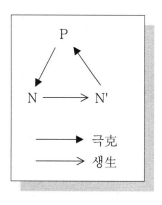

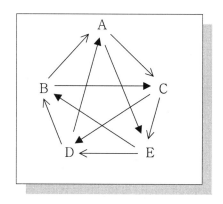

오행도(五行圖)는 상생상극(相生相克)의 개념으로 절대 우월자가 없는 상대적 평등을 나타낸다. 즉 평등사회를 말한다.

태극에서 음(陰)과 양(陽) 다음에 사상 그리고 팔괘가 자연스럽게 전개된다. 그런데 갑자기 오행이라는 개념이 나타난다. 이것은 무슨 의미일까?

이것을 설명하기위해 좀 더 구체적으로 도식화 시켜보자. 주역의 가장 근본 이론은 '일음일양지위도(一陰一陽之謂道)'이다. 이것을 이 책 서두에서 밝힌 이론과 결합시켜 보자. 세상은 상대적인 두 개념으로 이루어졌고 이 두 개념은 상극(相克) 또는 상생(相生)을 통하여 변화하게 된다.

그러면 처음에 정의한대로 이론을 전개하여 보자(P와 N의 정의는 첫 장을 참조할 것) 상대적인 관계인 P와 N에 있어서 P-- ▶N (克)이 되고 N→N'(生)으로써 N→N'--▶P이 되는 관계를 상극이라 하였다. 이를 도식화시켜 보면(추후 기호사용의 편리를 위해 기호변경을 하였음)

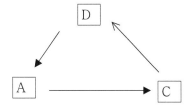

여기서 --▶표시는 극(克)이 되고 → 은 생(生)을 표시한다.

즉 생과 극에 대한 최소단위의 닫힌계는 삼각형이다. 이를 다시 추가로 상생과 상극의 도표를 첨가하다 보면 5각형에서 최소단위의 순환계를 형성하는 것을 알 수 있다. 여기서 오행이 나온다.

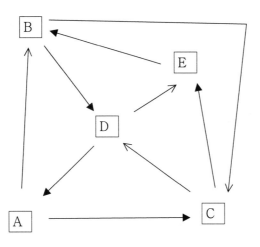

이를 다시 정리하면

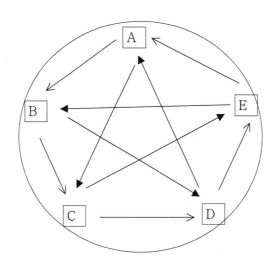

이와 같이 상생 상극을 순환적인 그림이 되게 하면 그림처럼
오행의 상생상극이 순환도(循環圖)로 완성이 된다.

사상(四象)이나 오행(五行)은 전부 음양에서 나왔으나 기준이 다른 것이다. 사상은 질서의 개념으로 순차적인 논리전개에서 나온 것이고 오행은 길항성의 확장된 개념으로 순환적(단조화 함수적) 평등의 개념에서 나온 것이다. 즉 오행에서의 5가지들은 가장 우수한 또는 가장 열등한 것이 없고 이기면서 지는 연관관계로 이루어진 것이다. 각개의 관계로 보았을 시는 우월관계가 존재하나 전체적으로 보면 평등한 존재가 되는 것이다. 이러한 근본적으로 다른 개념인 사상과 오행을 간혹 학자들은 잘못 적용해 혼용하는 경우가 발생되니 주의할 일이다.

시간적 질서개념 - 사상

공간적 평등개념 - 오행

삼라만상의 변화는 음양의 교차로 되어 있지만 그것들은 큰 변화들이고 더 세분되어질 수 있는 것이다. 물극필반(物極必反)이라고 하지만 그 중간 과정에는 변화의 과정이 뒤따르게 된다. 즉 물(物)이 극(極)하면 변(變)하게 되고(궁즉변 窮卽變) 그 변하게 된 것은 다시 반(反)해지고 반(反)해지면 상주하게 되는 것이다. 이러한 것들의 끊임없는 변화가 바로 세상 변화의 이치인 것이다(MAGIMIN에서의 변화되는 논리처럼).

이렇게 해서 목화토금수(木火土金水) 오행이 형성되었고 상생(相生)과 상극(相克)의 방향이 결정되어진 것이다. 이러한 오행의 상생 상극에 따라 삼라만상이 서로 생하기도 하고 극하기도 한 것이 바로 주역의 논리인 것이다. 이러한 논리가 체수

(体數), 용수(用數), 교수(交數)의 여러 가지 복잡한 숫자로써 설명되어진다. 이 세상은 단순히 음양으로만 이루어지지는 않는다. 음(陰), 양(陽) 그리고 변이(變異)가 있어야 세상의 생주변멸(生住變滅)을 해석할 수 있다.

5개의 요소가 한 주기의 평등을 구성한다는 것은 생과 극의 최소 단위인 삼각형에서 확장되어 이루어진 것인데 왜 하필 목화토금수로 배정이 되었는가? 이것들의 상관관계는 무엇인가? 사상이나 오행이나 그 시발점은 음양이라고 했다. 음양의 가장 현실적인 표현은 물과 불이다. 그런데 불이란 것은 홀로 존재할 수가 없다. 불이 외부로 나타난 구체적인 숫치는 온도로 표현된다. 다양한 온도의 값을 간직하고 나타내 주는 것은 바로 물이다. 즉 물속에 불의 많고 적음에 따라 온도로 나타나는 것이다. 불은 물에 의해 그 실체를 표현할 수 있다. 물이 없으면 불은 자신의 실체를 다양한 값으로 나타낼 수가 없다. 그래서 물[수 水]가 불[화 火]를 이기는[극 克] 것이다.

물을 담는 그릇의 재료는 흙이라 흙[토 土]가 물[수 水]를 이기는[극 克] 것이고 흙이란 나무[목 木]에 의해 흙의 존재가치가 부각되는 것이므로 나무[목 木]이 흙[토 土]를 이기고[극 克] 강한 쇠[금 金]이 나무[목 木]을 이기고[극 克] 쇠를 녹이는 불[화 火]가 쇠[금 金]을 이기는[극 克] 것이다

강녕전(康寧典)

돈(금리)의 소리
몸의 소리
마음의 소리를 잘 들어야
필요에 만족하며 편히 잘 살 수 있다.

1. 돈의 소리(재테크)

한 성직자가 평생 열심히 살다 죽은 후에 하늘로 올라가게 되었다. 생전의 선행으로 천당에 가게 되었는데 천당 앞에 선물이 많이 쌓여 있었다. 그래서 이것이 무엇이냐고 천사에 물어보니 천사가 답하기를 이것은 지상의 사람들이 간절히 기도를 하다가 그 기도에 대한 선물을 인도하기 직전에 기도를 포기함으로써 받지 못한 것이라고 했다.

이것은 인디언의 기우제와 비슷하다. 인디언은 기우제를 올리면 꼭 비가 온다고 한다. 그것은 비올 때까지 기우제를 지내기 때문이다. 세상이치는 다 비슷하다. 다만 얼마나 끝까지 노력하느냐에 달려있다.

돈은 비누와 같다. 너무 느슨히 잡아도 빠져나가고 너무 꽉 잡아도 빠져나간다. 그래서 신(神)이 달라고 할 때는 주어야 한다. 그것도 과감히 주어야 한다. 빼앗기지 않으려고 버티다가는 전부를 잃을 수 있다. 자기 통제가능 외에 발생한 사건(불행)은 자기의 능력이 부족하거나 신이 달라고 할 경우이다. 이때는 순종하고 상황을 받아들여 자기반성에 들어가야 한다.

사람이 논리적으로는 세상이 평등하다고 생각하면서도 현실의 문제에 있어서는 불평등하다고 느끼는 경우가 많다. 사실은 불평등은 국소적 짧은 시간에, 평등은 긴 시간에 적용이 된다. 이것을 모르고 뒤바뀐 생각을 하게 되어 짧은 시간 동안에는 평등을 생각하고 긴 시간에는 불평등을 생각하는 것이다. 이것에 대해 간단한 예를 들어보자.

예)카지노에는 여러 가지 게임이 있다. 그 중에서 일종의 홀짝게임으로 둘 중 하나를 선택하는 게임이 있는데 이 게임에서 돈을 잃는 사람의 경우 그의 행동을 살펴보면 자신이 홀(odd)에 걸었는데 판이 계속 짝(even)이 나와 돈을 잃어도 본인 생각에는 평균적으로 홀짝이 동일 확률로 발생된다는 생각에 계속 홀(odd)에다 건다는 것이다. 그러나 짧은 시간의 시행(또는 적은 횟수의 시행)에 있어서는 불균형이 지배하기 때문에 돈을 잃게 된다.

주식에 있어서도 마찬가지이다. 사람들은 주식이 오르면 떨어질 것 같아서[평등해야 하므로] 일찍 팔아버리고, 주식이 떨어지면 다시 오를 것 같아서 (떨어지는 주식을) 사버리게 된다. 또한 오르는 주식은 평등에 의해 조정이 될 것 같아 사지를 못한다. 이것을 격언으로 표현하면 '기다리는 조정은 오지 않는다.'이다.

왜 이럴까? 그것은 자연에는 **우월**한 힘(프리미엄 premium)이 존재하기 때문이다. 주식 그래프로 살펴보자.

그림에서 일반적으로 사람들은 현재가(A)보다 싸게 사기 위하여 B에 매수를 걸어놓는다. 그러면 A보다 가격이 내려갈 경우에만 매수가 가능하다. 즉 A 이후 가격이 (점선그림처럼)오르면 B에서 매수가 불가능하다. 다시 말해 B에서 매수가 이루어졌다는 것은 가격이 내려가는 추세에 있다는 것이고 이러한 추세에 의해 B에서 바로 가격이 오르지 않고 C까지 내려간다. 즉 통상적인 전략으로 매수를 하는 경우에는 거의 모든 사람이 B점에서 매수하게 된다(사람들은 바닥가격인 C에 매수하기를 원하지만 그것은 인위적으로도, 이론적으로도 불가능하다).

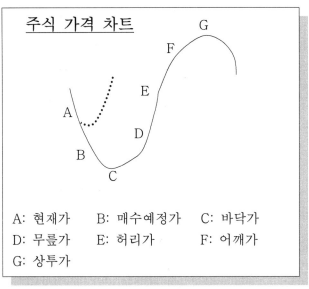

주식 가격 차트

A: 현재가   B: 매수예정가   C: 바닥가
D: 무릎가   E: 허리가   F: 어깨가
G: 상투가

그런데 시장의 현실에서는 바닥C에 매수하는 사람이 반드시 존재하게 된다(복권에 당첨되는 사람이 반드시 존재하는 것처럼). 이러한 행운은 반드시 존재한다.

원리) Host(자연, 카지노 주인 등)는 **프리미엄**(premium)을 가지고 있다(우월한 힘).

참조) C같은 저점이 존재하는 이유는 프리미엄 때문이고 그 것을 갖는다는 것은 우월적 위치에 있기 때문이다(행운이 란 자연에서의 우월적 지위이다). 카지노의 홀짝 게임에서도 '0' 또는 '00'은 카지노가 이기는데 이것이 Host(카지노 주인)의 프리미엄이다.

가격이 C 이후에 올라가면 매수세가 붙게 되어 가격은 계속 오르게 된다. 그런데 가격이 E정도까지 오르게 되면 C에서 산 사람들은 차익이 발생하므로 팔려고 한다. 즉 자연적으로 매물 압박이 생기게 되며 주가는 저항을 받는다. 그러면 D에서 산 사람도 불안해서 팔려고 할 것이다. 결국은 상투가격인 G에서 조정을 받으며 하락한다. 이렇게 주식 자체는 원천적으로 프리미엄이 존재하는 일반인에게 불리한 게임이다. E와 F는 외부유입매수세 양은 비슷해도 E는 매도세가 적어 급등하고, F는 매도세가 증가해 완충영역이 된다(자유행로의 차이).

이런 어긋난 행보 때문에 일반적인 매매에 있어서는 다음과 같은 현상이 발생한다.

1.내가 주식을 사면 값이 항상 떨어지고, 반면에 팔면 가격이 오른다.

2.이익 나는 주식과 손해나는 주식을 가지고 있는 경우 돈이 필요할 때 이익 나는 주식을 팔고 싶다.

사실 위의 경우는 상당히 낙관적으로 본 것이다. 사람들은 주식을 살 때 보다 낮은 가격에 사기를 원하기 때문에 떨어지는 주식을 산다. 그러면 (추세에 의해)더 떨어지게 된다. 이것을 주식격언으로 '떨어지는 칼날을 잡지 마라'는 것이다. 그래서 실제로는 C점보다 가격이 더 떨어지고 나중에 패닉 상태가 되면 어쩔 수 없이 팔게 된다. 이와 같이 자연계에는 프리미엄(우월한 힘)이 반드시 존재하기 때문에 일반인에게 돈을 번다는 것은 정말로 행운이 따라 주어야 한다. 금융지식을 좀 안다는 사람이 주식에 실패하는 이유가 주식의 값에 대하여 자신이 저점을 미리 설정해 놓기 때문이다. 즉 예단(豫斷)하는 것이다. 그래서 떨어지는 칼날을 잡게 된다.

여기서 이런 프리미엄이 작동하지 않는 다른 측면에서의 재테크를 알아보자.

부(富)의 일반 원칙

1. 세기변수를 이용하라: 촛불의 경우 초를 시량(示量)변수, 불을 시강(示强)변수라 하는데 여러 개의 촛불을 만들기 위해서는 많은 초(수량변수)가 필요하지만 불(세기변수)은 단 한 개의 촛불에 있는 불로도 자신의 손실 없이 다른 많은 초에 불을 옮길 수 있다. 자연계에는 이러한 세기변수가 많이 있다.

    예)특허권, 음원권, 프랜차이즈, TV광고

2. 레버러지(leverage)를 이용하라: 지렛대 원리로 물건을 들어 올릴 때 긴 지렛대를 이용해 자기 힘을 적게 소모하는 거와 같이 타인 자본을 이용하여 투자하는 것이다.

    예)낮은 금리인 경우 대출을 통해 자산 가치 높은 것에 투자(단, 이익의 크기만큼 손해 볼 경우도 발생함에 주의), 선물(先物)에서 증거금만으로 거래

3.돈이 일하게 만들어라: 복리의 개념으로, 이자율의 크기보
　　다 이자율 계산 기간(횟수)이 더 중요하다.

대한민국 어머니들이 한사코 자식을 학원에 보내는 것은 남
의 자식보다 우월하게 만들기 위해서라기보다는 남에게 뒤처지
지 않게 하기 위한 것이 더 크다. 또한 학군제 때문에 망국병
인 대전살이(대치동에서 전세살이)를 하는 것이다. 주식도 마
찬가지이다. 젊은이들이 주식에 뛰어드는 이유는 남들은 다 주
식해서 돈 번다는데 자신만 뒤처지는 것 같아 합류하게 된다.
***한국사회의 양극화의 원천은 고교학군제에 있다. 이것이 부
동산을 왜곡하고 더 나가 빈부의 양극화를 초래한다.***

세상은 전쟁이다. 돈을 버는 사람이 있으면 그만큼 잃는 사
람이 있다. 그래서 주식 등 재테크 관련 투자할 때는 주의하고
또 주의해야 한다.

위 차트에서 가장 적절한 타이밍은 D(약간 비싸게 보일 때)
인 것이다. 즉 바닥을 확인한 후에 사는 것이다. 여기서 D-C값
은 일종의 미끼인 것이다. 세상에 공짜는 없는 법이다. 물고기
를 잡으려면 미끼가 필요하고, 얻으려면 먼저 약간을 잃어야
하는 법이다(질서의 법칙). 주식을 팔 때도 마찬가지이다.

　　정리31-1. 재테크의 기본원리: 비싸게(보일 때) 사서(미끼
　　　　를 던져라), 싸게(보일 때) 팔아라.

사람들은 한 푼을 헛되이 쓰는 것을 아까워하면서 주식에서
큰돈을 잃는 것에 대한 느낌이 상대적으로 무디다(물론 돈을

잃는다는 것은 어느 경우에나 속이 쓰리지만). 주식은 치열한 전쟁이다. 그래서 조심하고 많은 준비가 필요하다.

정리31-2. 재테크의 효율원리

수중에 들어온 돈(수입)을 미래가치가 높은 것으로 바꾸어라. 미래가치는 금리의 추세에 의존한다.

그리고 이익은 길게, 손해는 짧게

정리31-3. 재테크의 실행원리

1.Waste(헛돈쓰기)하지 마라.

2.은행이자보다 높은 곳은 항상 위험이 따른다.

3.버는 법을 배우기 전에 잃지 않는 법을 배워라.

4.큰 것을 얻기 위해서는 적절한 미끼가 필요한 법하다.

5.확률적이지 않아 보이는 것은 확률적인 것으로 만든 후에 확률에 따라 행동하라. 좀 더 자세히 서술하면

1.돈은 수입도 중요하지만 이에 못지않게 효율적인 지출관리가 중요하다. 돈의 사용도 일종의 투자인 것이다. 투자에 대한 효과는 극대화되어야 한다. 꼭 필요한 곳에는 반드시 지출을 하는데 짧은 시간에 단순한 순간적인 만족을 위해서 사용하지는 마라. 주식에서의 손실은 정말 waste한 행위이다.

2.만약에 어떤 투자에서 은행이자보다 +α%(부대비용 제외)를 얻을 수 있다면 −α% 또는 그 이상을 잃게 될 경우도 항상 발생하게 된다. 은행이자보다 항상 +α%를 얻

을 수 있는 경우가 발생되지 않는 이유는 만약 그것이
가능하면 은행으로부터의 자금이탈이 발생되어 금융시장
자체가 큰 혼란에 빠지게 되기 때문이다.

3. 유도에서 중요한 기술의 하나가 낙법이다. 스키를 배울
때에도 제일 먼저 넘어지는 법을 배운다. 스키는 위험한
운동이므로 안전을 우선하는 것이다. 재테크도 마찬가지
이다. 위험한 게임이기 때문에 먼저 잃지 않는 법을 배
워야 한다. 아니면 최소한의 손실만을 내야 한다. 이에
대표적인 것이 주식에서의 손절매(損切賣)이다. 손절매
는 과감히 해야 한다. 그래서 재테크에 대한 많은 경우
가 마음(mental)의 싸움이다. 우선 자신이 3일 동안 아
무와도 말을 하지 않을 수 있을 정도로 냉정할 수 있게
마음을 훈련시켜라.

4. 사람이란 작은 것에 연연하다가 큰 것을 놓친다. 큰 것
이 작은 미끼에는 따라오지 않는다. 미끼가 아까워 큰
물고기에 작은 미끼를 쓰면 미끼만 빼앗기게 되며 이것
이 쌓이면 전부를 잃게 된다. 적절한 미끼란 가격이 비
싸게 보일 때 과감히 치고 들어가는 것을 말한다(달리는
말에 올라타라). 악마의 유혹에도 미끼가 따르는 법이
다. 주식 등의 머니게임(Money Game)을 처음 할 때에는
이득을 보게 된다. 그래서 쉽게 생각하여 규모를 크게
하면 그때부터 잃게 되는 것이다. 그런데 사람이란 처음

의 달콤한 맛(악마의 미끼)을 잊지 못하여 잃어도 계속
하게 된다. 차가운 이성과 철저한 준비가 필요하다.

5. 인간은 신에 가까워지기 위해 확률과 통계를 만들었다.
   재테크에서는 100% 완벽한 기술이란 없다. 나의 기술(매
   매규칙)은 몇% 정도가 된다고(확률적으로)만 말할 수 있
   다. 이러한 확률의 %를 높이는 것이 재테크의 방법인 것
   이다. 단 정해진 규칙은 수정하지 않는 한 반드시 지켜
   라(확률은 반복성-repeatability-가 있어야 한다.).

   *확률적이지 않은 것 속에서 확률을 찾아라. 그 다음 그
   확률적인 것에서 최상의 선택을 하여라.

6. 금리의 추세를 잘 지켜보아야 한다. 모든 경제 행위에
   대한 지표는 금리로써 대변된다.

이렇듯 은행이자보다 높은 수익을 얻으려는 어떠한 경우도
원리적으로 힘들게 되어있다(자연계의 프리미엄 때문에). 경제
가 힘들어지면서 개인 창업을 하는 사람이 많아졌다. 그런데
대부분 보면 큰 욕심 없이 적당히 은행이자보다 높고 인건비
정도 챙기는 수준을 원하는 경우가 많다. 그러나 그러면 거의
실패하게 된다. 프로의 세계에서는 '적당히'라는 말이 없다.
단지 흥하느냐 망하느냐 하는 선택만이 있다. 이것이 재테크의
힘든 점이다. 그 이유는 세계는 Digital적이기 때문이다. 음식
점의 예를 들어보면 앞집보다 10% 더 맛있냐가 아니고 앞집보
다 아무튼 (5%라도)맛이 더 있다는 것이 중요하다. 5% 더 맛있

다고 손님이 5%만 더 오지는 않는다. 우리가 옷을 사러 백화점에 갔다가 마침 30% 할인 판매하는 물건이 있어 약간 마음에 들지는 않지만 싼값에 사가지고 집에 왔으나 결국 맘에 안 들어 못 입는 경우가 발생한다. 이 경우도 마음에 안 든다고 옷을 70%만 입고 다닐 수는 없는 것이다. 결국 옷을 입느냐 마느냐하는 Digital적인 문제인 것이다. 그래서 무언가 하려면 철저히 계획을 세워 프로답게 하라. 이것이 재테크에 대한 조언이다.

정리31-3(부칙). 재테크의 실행원리 - 실전

1. 관련서적을 적어도 3권 이상 읽는다.
2. 1년 정도는 모의매매(실전이 아닌 가상매매)를 하여 감각을 익혀라. 그 후 가장 최소거래단위의 금액으로 3개월 정도 실전감각을 익힌다.
3. 실전에 들어가기 전에 책을 통해 배운 지식으로 자신의 매매규칙을 정하고 그대로만 매매한다.
   실전에서 돈을 벌었냐보다 규칙대로 했냐가 더 중요하다. 즉 규칙이 주(主)가 되고 돈 버는 것이 부가 된다. 규칙대로 하면 확률에 의해 긴 시간적으로 보았을 때 돈을 벌게 되어 있다. 그러면서 시행착오를 거쳐 규칙을 계속 개선해 나간다.

이러한 일련의 재테크를 위한 기본 규약은 우리가 생산이론에서 본 것과 유사하다. 즉 초창기에는 위험이 크므로 보다 **보**

수적(Conservative)으로 투자를 하며 기법을 익힌 다음 어느 수준에 도달하면 공격적(Aggressive)인 투자로 바꾸는 것이다. 이렇게 자신의 매매규칙에 의거 거래하며 순차적으로 개선해나 가는 것이다.

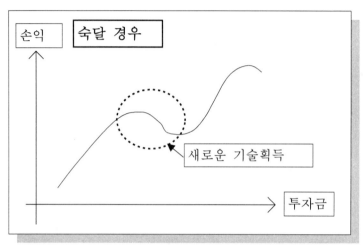

성공과 실패는 병가지상사(兵家之常事 이기고 지는 것은 전쟁에서 흔히 있는 일이다) 다만 이겼을 경우에는 길게 가져가고 질 경우에는 짧게(손절매) 해야 하는 것이다. 그러면 긴 시간이 지나고 보면 부(富)가 축적되는 것이다.

정리31-4. 재테크의 실전(實戰)원리

1. 우월한 힘에 의한 편조화를 노려라.

2. 뛰는 말에 올라타라(走馬便乘).

3. 극소값이 깨질 때 청산하라.

4. 절대 예단(豫斷 미리 예측하고 단정 지음)하지 말 것:

코로나19로 주식이 떨어질 것 같았으나 결국 오름.

부칙)재테크의 우월자: 능동적으로 매매하는 자

　부동산: 상승모드이면 Premium주고 분양권 구입자.

　주식: Premium(주가차트의 D-C)주고 매입하는 자.

자신이 이익만을 내고 싶을 때는 은행에 넣어두어야 한다(복권 판매). 그러나 그보다 더 높은 이익을 얻고 싶을 때(복권 구매)는 손해를 감수하여야 한다. 그래서 재테크에서는 중간이 없다. 이익 아니면 손실이다.

추가)프로골퍼에게 제일 좋은 것이 노(no)보기 플레이이고

　　　　　제일 싫은 것이 올(all)파라고 한다.

　주식거래에서 제일 좋은 것이 <u>손해 안보는 것</u>이고

　　　　　제일 싫은 것이 이득이 없는 것이다.

참조)세계적으로 가장 유명한 주식투자가의 조언

　　rule 1: 손해보지 마라

　　rule 2: 또한 손해보지 마라

　　rule 3: 정말 손해보지 마라

2. 몸의 소리(건강)

-1.질병

살아간다는 것은 전쟁의 연속이다. 타인과의 전쟁, 주변과의 전쟁, 더 나아가 자신과의 전쟁 등이 있다. 이러한 전쟁에서 패(敗)하지 않고 승리를 하여야 할 것이며 더 좋은 것은 서로 윈-윈(win-win)하는 것이다.

전쟁에 있어서 패(敗)하지 않는 원리는 의외로 쉽다. 적에 대한 총체적인 정보와 아군에 대한 총체적인 정보를 파악한 후에 아군이 우세하면 전쟁을 하는 것이고 아군이 취약하면 도망가는 것이다(삼십육계 三十六計). 이것이 손자병법의 적을 알고 나를 알면 백번 싸워도 위태하지 않다(지피지기 백전불태 知彼知己 百戰不殆)는 것이다.

전쟁이란 비상사태에 대하여 어떻게 관리되어야 효율적인 대응을 할 수가 있겠는가. 전쟁에서 적에게 침략당하지 않을 조건은 아래와 같다.

-1.높고 견고한 성벽을 구축한 경우

-2.자국의 군사력이 강한 경우

-3.공략을 당했으나 외부에서의 지원군이 올 경우

각각의 경우에 대하여 적절한 대응을 하여야 하며 이때 필요한 것이 '총체적인 정보'이다. 우리 군이 강할 경우 굳이 지원군을 부를 필요가 없다. 그런데 모든 정보를 정확히 안다는 것이 쉽지 않다.

사람의 신체도 마찬가지 이다.

신체란 외부의 공격(병원균, 외상 등)과의 전쟁이다. 전쟁에 있어서 정보가 중요하지만 이러한 정보를 이용한 효율적인 대응 역시 중요하다.

감기의 예를 들어보면 환절기나 겨울을 대비하여 난방을 하고 두툼한 외투를 챙겨서 입거나(1의 경우) 아니면 평소에 냉수마찰이나 건강관리를 위한 운동을 통해 병에 대한 저항력을 키우거나(2의 경우) 병에 걸려도 재빨리 약을 먹어 감기를 낫게 하는(3의 경우) 것이다. 그래서 방위력이 강하면 자연치유력으로 병을 다스릴 것이고 약하면 지원군인 약을 섭취하여 병을 이길 것이다.

성벽도 비교적 견고하지 못하고 자국의 군사력도 취약한 경우에는 지원군이 오기 전에 일반적으로 경보시스템을 강화한다. 즉 적의 습격을 미리 파악하여 미리 즉각 대비를 해야 하기 때문이다. 신체의 경우도 마찬가지이다. 체내의 병에 대한 방위력이 약한 경우에는 경보시스템을 강화한다. 이것은 외부의 자극에 대한 대응 역치(閾値)를 낮추는 것이다. 즉 소량의 병원균 침입에도 몸에 자각증상을 일으키게 하는 것이다. 이것이 알레르기로 나타난다. 알레르기는 낮추어진 역치로 인한 과민증상인 것이다. 이러한 알레르기를 치료하기 위해서는 당연히 체질을 강화하여 병원균에 대한 방위력을 높여야 한다. 병에 대한 방위력이 큰 경우에는 역치의 값이 비교적 높다. 그래서 건강한 사람이 병이 들면 오래간다(높아진 역치를 넘을 만큼의 많은 병원균 침입으로). 신체에 있어서의 성벽이란 피부, 털, 체액(땀/눈물/콧물/침 등)과 피부에 있는 유익균(유해균도 상존)이다.

사람이 건강하다는 것은 어떠한 것을 말하는가? 건강한 사람이란 상품에서의 좋은 품질의 제품과 비슷하다. 좋은 품질의 제품이란 위의 '1-4. 여러 학문의 응용' 품질관리에서 이야기한 것과 같이 제품의 특성치가 규격에 맞고 변동폭이 적은 제품군(Lot)을 형성하는 상품을 말한다. 신체도 이와 비슷하여 생리지수(혈당치 등)가 적절한 값에 있고 변동치가 적은 범위 내에서 안정적으로 유지하는 경우에 건강한 체질이라 할 수 있다. 여기서 제품은 많은 시료에 대한 (수량적)변동값이고 신체는 시간의 흐름에 대한 (시간적)변동값을 나타낸다.

신체의 생리지수가 안정된 변동폭을 유지하는 것은 신체는 자기항상성을 가지고 이것이 길항적 성질에 의해 유지되기 때문이다(예를 들면 혈당이 높으면 인슐린이라는 호르몬을 방출해 혈압을 낮추고 혈당이 낮으면 글루카곤이라는 호르몬을 방출해 혈당을 높여 전체적인 변동폭을 줄인다).

그럼 질병이란 무엇인가? 평소(병이 걸리지 않은 상태)의 자신의 신체가 길항성에 의해 단조화 주기를 나타내다가 그 주기에 이상이 있거나 변동폭이 커지는 경우에 발생되는 것이다. 이것을 제품의 품질관리관점과 비교하면 제품의 불량이란 특성치의 변동폭이 커질 때 발생되는 것과 유사하다.

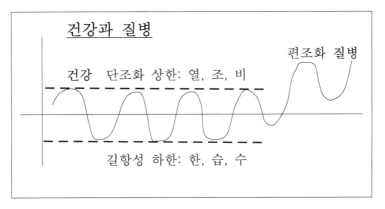

고혈압, 당뇨 등과 같은 병에 걸리면 의사들이 대체로 이러한 병들은 완치가 안 되는 병이니 꾸준히 관리해야 한다고 한다. 이것을 거꾸로 해석하면 건강이란 자신이 꾸준히 관리를 하여야지 안 그러면 어떤 병이든 걸릴 수 있게 된다는 것이다. 즉 항상 자신의 몸이 내는 소리에 귀를 기울여 들어야 한다는 것이다.

사람이 병에 걸리게 되면 일반적으로 약을 먹게 된다. 그러나 일부에서는 사람이란 자연치유력이 있기 때문에 약을 먹는 것이 도리어 좋지 않을 수 있다고 한다. 그럼 병에 걸렸는데 자연치유력만 믿고 가만히 있으면 저절로 낫게 되는 것일까? 사실 사람은 계속 자신도 모르는 사이에 병균과의 전쟁을 수없이 많이 행하고 있고 그것이 면역력으로 축적되어 왔다.

그러나 그것은 자각하지 못하는 상태에서 진행된 것이고 실제로 병이 온 것을 느꼈을 경우에도 자연치유력만 믿고 가만히 있기는 불안하다. 여기서 어떤 경우에는 약을 먹어야 되고 어떤 경우에는 자연치유력에 의존하는지를 구별할 수 있어야 할 것이다. 이를 전쟁의 비유에서 알아보자.

자연치유력이 존재하므로 병이 발생해도 가만히 있으면 되는 것인가? 물론 가만히 있어도 낫는 경우가 있다. 그러나 이런 경우에는 자연치유력을 도와주는 보조행위를 하여야 한다. 보조행위는 체내치유력이 강화되게 신체의 일부를 덥게 또는 차게 자극을 주거나 마사지를 통한 피돌기를 좋게 하는 것이다. 이것을 국소자극요법이라 부르자. 국소자극으로 온랭찜질, 침, 뜸, 마사지 등이 있다. 국소자극요법의 대표적인 예는 발이 삐었을 경우이다. 발이 삔 초기에는 열이 나고 붓는다. 이것은 자연치유에 의한 체내방어세포가 모이기 때문이다. 이럴 때는 마치 전자회로에서 열이 나는 것을 방지하기 위해 방열시스템을 설치하는 것과 같이 삔 부위를 냉찜질하여 생체방위세포의 모집을 도와주는 것이다. 그리고 일정 시간이 지난 후 열나는 것이 없어지면 온찜질을 함으로써 상처부위의 피돌기를 좋게 하는 것이다.

그런데 발병 시 문제는 나의 병에 대한 방위력이 침공한 병원균보다 강한지 약한지를 잘 모르는 것이다.

일반적으로 적군(병원균)이 강하면 아군에 대한 공격이 급격히 이루어지고 따라서 아군(몸)의 피해도 크다. 반면에 아군의 군사력도 약하지 않고 서로 백중지세이면 전쟁은 오래가게 된다. 신체에 대한 치료도 이와 비슷하다. 병원균이 강하면 병이 빨리 진행된다. 그래서 급성병일 때는 약을 신속히 투입하는 것이 좋은 반면에 만성병일 경우는 자연치유력을 적극 살려 치유하는 것이 좋다.

모든 문제에 있어서 치료보다는 예방이다. 적군의 공격에 의해 자국민이 피해를 입기 전에 지원군을 부르거나 자국의 군사력을 강화하여야 한다. 이것을 몸의 경우에 대하여 생각해 보자.

건강한 체질이란 적절한 역치(몸의 항상성을 유지하기 위한 설정치)가 형성되어 그 값보다 높거나 낮을 경우 길항작용에 의해 역치를 중심으로 단조화주기를 그리게 된다.

예를 들어보자. 일반적으로 식재(食材)는 몸에 대하여 이중적인 영향을 미친다. 한편으로는 장점이 되지만 다른 면에서는 단점이 된다. 즉 이중쌍대적이다. 그래야 단조화주기를 형성할 수 있게 된다.

소금(Na)의 경우 양이 많으면 혈관에 영향을 미쳐 고혈압을 유발시킨다. 반면에 양이 적으면 체온유지 능력이 저하된다. 여기서 소금의 적정 역치가 10이라고 가정했을 때 만약 소금 섭취량이 과하면 배출을 시키고(10이 될 때까지) 섭취량이 적으면 저장을 시켜 10을 유지하게 한다. 이로써 단조화주기 형태가 된다. 그런데 만약에 어떤 사람이 소금에 대한 역치가 8이라고 하면 이 사람은 고혈압에 대한 걱정은 없으나 체온유지가 문제가 될 것이다. 사람이 저체온이 심하면 암 등에 걸릴 확률이 높다. 그러면 해결방법이 무엇인가? 단식요법자들은 단식으로 체질을 개선(자국 군사력)시킨다고 한다. 단식을 하면 체내 염분의 공급이 중단되므로 나중에 염분이 들어오면 과거 공급중단에 대한 방어책으로 스스로 염분의 역치를 높인다고 하는 것이다.

인간의 신체란 개방계로 항상 변화하는 외기를 받아들여 반응하기 때문에 신체 조건이 단일하고 일정한 상태를 유지할 수는 없다. 그래서 가장 건강한 체질은 체온을 잘 유지하는 적절한 열체질이면서 다른 것들은 평한(겉과 속, 조와 습, 한과 열 등에 치우치지 않은) 체질로 각기 알맞은 역치를 가지고 단조화함수의 형태를 가지는 것이다.

인간은 스스로 살아남기 위해 가장 합리적인 방법으로 진화하여 왔다. 현 이 순간 자신 체내의 에너지는 일정하다. 이 유한한 에너지를 어떻게 적적히 사용하는가 하는 것이 중요하다. 그래서 가장 중요한 장기(심장, 폐 등)를 최우선적으로 보호한다. 그 보호의 기준이 각 감각의 역치이다. 자신이 외부에 매우 추운 곳에 처해 있을 경우 신체는 심장

을 보호하기 위해 신체 말단의 추운 기운이 혈액을 타고 심
장을 공격하지 못하게 혈관 수축을 한다. 동상 등의 병도
사실은 이러한 신체 방어의 수단이다(물론 비상 상황에서
극한의 노출은 신체 방어와 무관하게 동상을 유발한다).

-2.체질과 식재(食)

(1)체질: 사람의 체질은 선천(先天)적이다. 이것은 유전적이
라는 뜻이 아니고 각각 자신의 체질을 거의 태어날 때 가
지고 태어났다. 부모 자식 간에도 상반된 체질일 경우가
생긴다. 사람의 체질을 아래 다시 도표로 정리하였다.

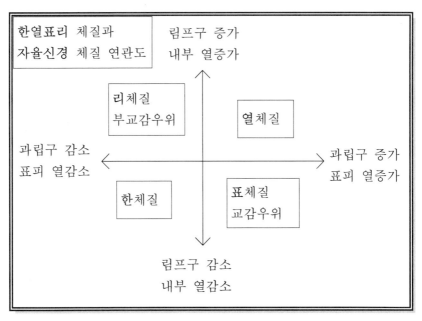

사람의 체질이 (거의)선천적이기 때문에 현세를 사는 우
리들은 후천적 예방 즉 먹을거리(식재)나 생활방식을 자신

에 체질에 맞게 섭취하고 생활해야 한다. 여기서 몸의 건강을 잘 유지하는 방법을 알아보자.

만약 어떤 사람이 음이 10이고 양이 10인 경우 단조화 대사작용을 한다. 그런데 어떤 이유로 음(예를 들면 추위를 느끼는 역치)이 12가 될 경우 치유는 음을 2 줄이는 방향으로 해야 하며, 양이 8이 될 경우에는 양을 2 늘리는 방향으로 치유해야 한다. 이것을 실사허보(實瀉虛補)라고 한다.

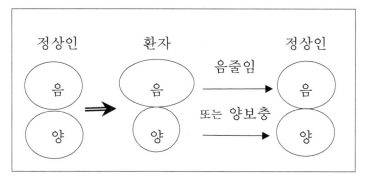

실사허보(實瀉虛補): 모자라면 보충하고 남아돌면 빼낸다. 여기에서도 쌍대의 원리가 적용되는 것이다.

몸이 더운 체질 ~ **외부** 공급은 **찬** 성질의 음식

몸이 차가우면 뜨거운 성질을 가진 식재를 섭취하고 몸이 습하면 건조한 성질의 **상보적**인 식재를 섭취하는 것이다.

*.상보식; 체질과 상반되어 보충되는 식재

*.제철식; 계절에 맞추어 생산되는 식재

보통 겨울에는 활동이 적은 계절로 주로 저장식품이나 염분류를 많이 섭취하게 된다. 즉 겨울에는 Na를 많이 함유한

식품을 먹게 된다. 이후 봄이 오면 겨울철의 보존식에 대한 배설을 원활이 할 수 있는 음식물을 섭취하여야 한다. 따라서 배설 기능에 좋은 봄 야채를 먹는 것이다. 이때 Mg를 많이 함유한 것을 먹게 된다.

여름에는 주위가 더워 체내 열을 발산하기 위해 표피부분으로 열이 모인다(표체질). 표피의 열을 식히기 위해서는 땀을 내야하므로 발한촉진을 위한 그리고 냉각 작용이 있는 과일류 또는 과(瓜 오이, 호박)를 먹어야 된다. 이것들은 K를 함유한 것이다. 가을에는 겨울을 대비해 고칼로리의 지방(콩, 꽁치)이 함유한 음식을 섭취해야 하는 것이다.

계절 식재		채소 과일	단백질
봄	배설 Mg	채소류 냉이 다래 두릅 쑥 미나리 양배추 딸기	조기 주꾸미 조개 도다리
여름	냉각 K	과일류 토마토 근대 과류(오이/참외/호박)	밴댕이 농어 장어
가을	보급 Ca	곡류 배 포도 쌀 상추 아욱	콩 꽁치 전어 고등어 새우 낙지 갈치
겨울	보온 Na	뿌리류 무 우엉 연근 귤 시금치	동태

겨울에는 추우니까 체내의 온도를 보호하기 위하여 열이 안쪽으로 몰린다(리체질). 그래서 겨울에는 저장 위주의 식생활(염분Na 위주) 또는 겨울에는 식물이 뿌리에 영양분을

저장하므로 뿌리 식품을 섭취한다. 이후 날씨가 풀리는 봄이 되면 다시 주기가 반복되는 것이다. 이렇게 각 계절에 맞는 음식이 있다.

신체와 사계절 날씨는 상보성이 있다. 겨울에는 지상은 추운 반면에 땅 밑은 따스하다(소음). 봄이 되면 지하의 열기가 지상으로 올라오며 지상은 날씨가 풀린다(태양). 여름에는 지상은 더우며 지하는 시원하다(소양). 가을에는 지상과 지하가 다 서늘하다(태음). 신체의 경우도 비슷하다. 겨울에는 위장관(땅속)이 온기가 있고 근혈관(땅위)이 서늘하고 여름에는 반대로 위장관이 서늘하고 근혈관이 덥다(그래서 땀을 흘린다). 물론 이러한 것은 상대적인 온도에 대한 느낌의 표현이다.

계절	지구		신체		사상(四象)
	지상	지하	근혈관	위장관	
겨울	냉	열	냉	열	소음 ⚏
여름	열	냉	열	냉	소양 ⚎

이러한 체질에 대하여 서로 쌍대적인 성격의 식재(食材)를 섭취하여 평온한 건강 체질이 되어야 할 것이다.

6종 체질(한열건습+수발)과 관련 식재는 아래와 같다. 여기서도 서로 상보식 즉 위장관이 열이 많고 습하면 차고 건조한 식재를 먹어야 한다. 물론 상보식만 계속 먹게 되면 역시 편중되므로 통상 일주일 단위로 5일은 상보식 2일은 제철식을 섭취한다.

(2)기본 원칙

-채소 잎은 대체로 발산 성질 (봄)

-박(오이 수박 등)/과일 종류는 냉하고 습함(여름)

-열매 곡류는 대체로 수렴 성질(가을)

-뿌리 종류는 저장 성질(겨울)

*.곡류(쌀, 보리, 밀, 메밀…)와 콩과식물(콩, 팥, 녹두…)은 차가운 성질을 갖는다.

*.열매(사과, 토마토…)는 더운 성질을 갖는다.

*.씨앗류(대추, 밤, 콩, 팥, 수수…)는 수렴하는 성질

*.뿌리류(도라지, 더덕, 무…)는 폐(肺)에 좋다.

*.뿌리는 상승하는 성질, 잎과 열매는 하강하는 성질.

*.발효/변형(콩나물, 간장, 된장, 고추장)은 발산의 성질

*.식물은 발산, 동물은 수렴 생선은 차가운 성질이 있다.

*.동물체온의 순서:

생선(물고기) < 사람 < 돼지, 소, 양 < 닭 < 새

불포화 지방 ⟸----------------⟹포화지방

(오리는 새 종류이지만 물위에서 생활하기 때문에 기름이 불포화지방이다.)

*.사람보다 높은 체온의 동물 즉 소, 돼지, 닭 등은 섭취시 인간의 체내에서 기름이 응고될 수 있다. 그래서 찌개종류의 음식을 삼가고 바비큐와 같이 기름을 뺀 요리

로 섭취한다. 또한 단백질(고기)은 산성에서 소화되므로 물과 같이 먹으면 소화액이 희석된다.

: 동물은 굽고, 생선(/오리)은 찌개로 섭취

식재 성질	적용되는 식재들	치료 체질
냉하고 건조함	보리 밀 율무 녹두 무 감자 우엉 고사리 미나리 콩나물 파잎 숙주나물 국화차 결명자차 칡차 막걸리 개 명태	열습
냉하고 습함	오이 참외 멜론 수박 배추 시금치 연근 배 무화과	열건
열 많고 건조함	쑥갓 냉이 겨자 당근 토마토 오렌지 사과 복숭아 수수	냉습
열 많고 습함	토란 참깨 바나나	냉건

*.야채도 스스로 방어를 위해 껍질부위에 독성분이 있는 것이 있으므로 데쳐서 먹는 것이 좋은 경우가 있다.

(3)섭취 시기와 방법

*.변비: 신체리듬이 오전에는 배설, 오후에는 흡수 위주의 활동을 하므로 오전에는 물, 과일과 야채 등을 섭취해 규칙적인 배변습관을 길러야 한다.

인간 신체특성상 정상적 식사를 하면 1~2일 후에는 배변을 보게 되어 있다. 그런데 아침식사를 거르거나 일 때문에 거르면 신체는 2~3일 간격이 지나야 변의(便意)가 생긴다. 이게 반복되면 변비가 되므로 1~2일 내의 배변습관이 아주 중요하다.

*.과일 섭취 후 적어도 30분 후에 다른 식재를 섭취한다.

*.같은 맛을 내는 과일끼리 섭취한다(예: 사과와 바나나를 같이 먹지 말 것).

*.가능하면 단백질(고기 종류)과 탄수화물을 같이 섭취하지 말라(단백질은 산성에서 소화되고 탄수화물은 알칼리성에서 소화된다). 적어도 3시간 간격으로 다른 종류를 섭취해야 한다.

-3.발병과 건강

(1)발병(發病)

1.신체는 자기방어 능력이 있다. 발병(發病)시 가능하면 자신의 방어력으로 이겨내는 것이 바람직하다. 그런데 병이란 것은 자신의 군사력과 병원균의 군사력의 싸움이다. 전쟁에서 지피지기면 백전불태라고 했는데 자신의 군사력과 병원균의 군사력을 알 방법이 없다. 요행히 자신의 군사력이 병원균보다 우월하면 스스로 자가 치유가 되는데 그렇지 않을 경우가 있어 잘못하면 병을 키우게 된다.

2.신체와 외부 병원균과의 관계를 태권도에서의 송판 격파와 비교지어 보자. 자신의 손의 힘이 강하면 송판은 격파되고 손은 아픔을 못 느끼게 된다. 반면에 송판보다 약하면 격파를 못 시키고 손 또한 상하게 된다. 신체 방어도

마찬가지이다. 자신이 강하면 몸조리로 병을 퇴치시킬 수 있지만 약하면 몸만 더 상하게 된다. 그래서 몸을 단련할 경우에는 적정한 강도의 훈련이 필요하다. 강도가 셀 경우 잘못하면 자신의 몸이 상할 수 있다.

인간의 1차 방어기전은 피부, 털, 점막, 침, 눈물, 콧물, 땀 등이다. 땀은 배독(排毒)기능/체온조절기능 등을 가진 중요한 인간의 방위기전이다. 땀이 잘 나지 않는 부교감우위인 사람은 땀 대신 콧물이 많이 나는 알레르기반응이 유발되고 이것이 물같이 흐르는 콧물(카타르성 반응)이다.

피부는 굉장히 중요한 성벽이다. 그곳에는 병균과 더불어 인간에게 유익한 균도 상재되어 있다. 그래서 피부에 상처가 생겼을 시 즉시 반창고를 붙여 인공 성벽을 쌓아야 한다. 반창고는 간단하면서도 매우 유익한 아군이다.

(2)체질에 따른 대처

1.건강유지를 위한 제1요건은 우선 자신의 체질이 교감 우위인가 부교감 우위인가를 알아보는 것이다.

(이때 중요한 것은 단순 2분법적으로 판정하면 안 된다는 것이다. 소변이 잦다고(분비성)해서 부교감체질이라고 단정하면 안 된다. 이 경우는 방광의 장기 자체의 손상에 의한 경우일 수 있기 때문이다.)

교감 우위: 끈적끈적한 콧물, 짙은 소변색,

변비성 배변(排便), 무딘 성격

부교감 우위: 맑은 콧물, 옅은 소변색,

설사성 배변(排便), 예민한 성격

2. 자신의 체질이 한쪽으로 치우쳐 있으면 반대활성을 위한 행동을 취한다.

교감우위 경우: 부교감 증진행위-그늘에서 휴식,

복식호흡, 잠자는 시간 늘리기

부교감우위 경우: 교감증진 행위-햇볕 자주 쬐기,

흉식호흡, 운동하기, 잠자는 시간 줄이기

(운동을 많이 하면 백혈구의 과립구양이 많아지며 따라서 상대적으로 림프구의 비율-적정 비율 약38%-이 작아져 과민반응이 적어진다.)

3. 교감 과잉일 경우 병이 심화되면 암으로 전이가능성이 높고 부교감 과잉일 경우는 알레르기 유발될 수 있다.

교감 과잉인 경우 병(암…)이 생기면 부교감 증진행위를 열심히 하고 음식은 채식, 버섯, 전채음식(현미 멸치 콩…) 등을 위주로 섭취한다.

부교감 과잉인 경우에 알레르기가 발생하기 쉬우며 이때는 약간의 육식, 교감 증진행위를 한다.

4. 건강을 유지하기 위해서는 약간의 작은 관심(소변볼 때 색 관찰하기 등)으로 몸 상태의 방향성을 미리 감지하여야 한다.

5.여름철 때 찬 것을 너무 많이 먹어 몸의 체온을 낮추면 건강에 나쁘다.

(3)신체 부위 관련 특징

몸은 길들이기 나름이다. 몸을 길들인다는 것은 외부 입력(감각) 또는 생체 내 물질대사에서의 변화 값에 대해 받아들이는 특정 값이 설정되었다는 것이다.

1)각 장기들은 고유의 특성

1.폐: 습한 것을 좋아함

-.폐장은 유일하게 외기와 직접 맞닥치는 기관으로 바이러스의 침입이 용이하다. 그런데 바이러스는 건조한 곳에서 번식을 잘하고 습한 곳에서는 생존율이 급격히 떨어진다. 그래서 폐는 습기를 좋아하게 된다.

2.위장관: 약간 열(熱), 건조를 좋아함(습기관리)

-.위장 등의 소화기관은 음식물을 소화시키는 곳으로서 단백질은 산성상태, 탄수화물은 약알칼리성상태에서 소화시키는 일종의 화학반응영역이다. 이러한 화학반응이 원활히 하기 위해서는 일정한 온도(체온)과 추가적인 수분의 배제 등이 중요하다. 그래서 위장은 조(燥)한 상태 즉 약간 열이 있고 건조한 상태를 좋아하게 된다.

3.신장: 적당히 습한 것을 좋아함(열순환 관리)

-.신장은 소변을 만드는 곳으로 물은 온도(불)를 관리하는 매체이므로 습한 것을 좋아하게 된다.

4.간장: 열을 싫어함, 발산의 장기

5.심장: 심장은 신체 중에서 가장 중요한 기관이다. 그래서 외부로 부터의 공격이 오면 신체는 제일 먼저 심장을 보호한다. 심장을 과로하지 않고 적절한 운동을 하게 하는 것이 건강비결이다. 고혈압은 심장을 과로시키는 하나의 지표이다. 각 부분에 이상이 있으면 심장이 혈류를 증가하여 보상시키는데 이러한 과정 중에 심장이 과로하게 된다. 심장도 일종의 기계이다. 즉 수명이 있고 그 수명을 길게 가져가는 것이 장수 비결이다.

-.원활한 혈류: 용혈성(오메가3), 지방퇴적을 없앰

-.심장보조 기관 즉 팔 다리 근육을 강화시켜 심장의 혈류의 흐름 노고를 경감시킨다. 걷기운동, 등산

-.체중 적정유지

2)감각기관의 건강학

1.눈(근육이 많음)은 피곤한 것을 싫어한다.

눈은 외부의 정보를 눈을 통해 대뇌로 전달한다. 따라서 보다 많고 정확한 정보가 전달되어야 한다. 수정체는 많은 빛(정보)을 망막에 모이게 하는 것이고 망막신경은 정확히 대뇌에 전달시키는 것이다.

-눈은 수정체의 렌즈를 볼록 또는 오목하게 하여 근거리나 원거리를 보기위해 양쪽에 붙은 근육이 쉴 새 없이 운동한다. 그래서 피로해지기 쉽다. 근육이 사용되는

곳이므로 간(肝 글리코겐 저장소)과 연관이 깊다.

*평소에 눈 운동과 피로 시 온찜질과 냉찜질을 한다(근
육 피로 푸는 것과 같은 원리).

-망막은 해상도를 높여주는 세포들이 이상이 없어야 한
다. 그래야 정확히 정보가 전달된다.

*강력한 빛, 레이저 빛, 섬광, 강한 자외선 등 망막을
손상시키는 것들은 피해야 한다.

2.코는 폐(肺)와 관련이 깊어 습기를 좋아한다. 인간 신체
에 유일하게 외부에 노출되어 있는 기관이 호흡기와 소
화기이다. 그래서 이곳에는 **점막**이 발달되어 있다.

코에 직접 바람을 쏘이면 건조해지기 쉽고 따라서 안
좋다. 입호흡을 절대하지 말고 코호흡을 해야 한다.

-이상 시 마스크 착용을 한다. 마스크는 외부 먼지나 찬
공기를 막아주고 내부적으로 습기를 보존한다.

-코의 점막에 유익한 식재는 주로 뿌리인 도라지(열성),
더덕(냉성), 맥문동(냉성), 대추(온성)이다.

3.입: 소화라는 것은 음식물을 체내 흡수하게끔 작은 입자
로 분해하는 과정이다. 소화기관은 거의 단백질의 약한
살로 이루어졌고 이빨만이 강한 물질로 돼 있다. 분해
를 하기 위해서는 강한 물질로 된 이빨이 아주 중요하
다. 즉 소화과정에서 입의 역할이 대단히 중요하다.

-치아 건강은 치아를 받혀주는 잇몸이 중요하다. 잇몸은

단백질(근육)이므로 관리가 중요하다. 치아건강에 가장 안 좋은 것은 잇몸퇴축(退縮)이다.

잇몸퇴축은 잇몸이 축소되고 치아와 괴리되어 치아 노출이 심해지는 현상이다. 치아가 깨지거나 충치인 경우는 충전하면(크라운) 되지만 잇몸이 축소되면 이가 흔들리고 염증유발이 되어 결국에는 발치하게 된다.

*잇몸퇴축은 단단한 음식물을 씹을 경우 그 조각들이 잇몸을 밀어서 생긴다. 더구나 제거 안 된 조각들이 이와 잇몸 사이에 마치 쐐기 역할을 하여 다음 음식물 씹을 시 이와 잇몸의 괴리를 유발하여 더욱 퇴축을 촉진시킨다.

*잇몸퇴축을 방지하기 위해서는 가능한 부드러운 음식, 너무 뜨겁지 않은 음식(잇몸은 단백질로 열에 약하다) 등을 섭취하고 취침 전에 이빨청소를 해준다. 또한 부드러운 음식은 이빨 사이에 잘 매몰되므로 철저히 수직 칫솔질을 해준다.(**올바른 칫솔질**: 상하로 칫솔질하여 쐐기 역할을 할 음식물 찌꺼기를 완전 제거)

4.귀는 건조한 것을 좋아한다. 습한 것을 피해야 한다.

5.피부는 인간 최후의 방어선이다. 피부에는 유익균과 유해균이 상존한다(위장관의 경우도 마찬가지). 그래서 피부는 약간의 기름진 것을 좋아한다.

*피부에 상처가 생기면 흐르는 물에 씻은 후 일회용 밴

드를 붙인다. 최후 방어선인 피부가 망가지면 재빨리
방어벽(밴드)을 구축하여야 한다. 그렇지 않으면 균이
침투해 체내 면역력을 소진시켜 체내 면역 총량이 줄
어들게 된다.

*풍욕(風浴 옷을 거의 입지 않고 자연의 바람 부는 곳
에서 공기로 목욕하는 것)을 거실에서 가끔 하여 피부
의 저항력을 키운다(매우 추울 때 심장을 보호하기 위
해 혈관이 수축된다. 그러나 건강할 경우 신체유지 위
해 혈압을 높여 영양공급 유지시킨다).

6. 손가락, 발가락은 신체 말단부위로 혈액공급이 부족하니
항상 꼭 깨끗하고 건조함을 유지(동상, 무좀 예방).

*하체를 따듯하게 한다. 하의는 두꺼운 옷, 상의는 얇
은 옷을 입는다.

*옷을 꽉 쪼여 입지 않는다(헐렁하게 입는다).

*물구나무서기를 통해 아래로 쏠린 피를 순환시킨다.

*다리 근육은 제2의 심장이라고 했다. 심장으로부터 내
려온 혈액을 중력에 거슬려 심장으로 보내려면 다리
근육이 강해야 한다. 이런 심장으로 보내는 운동을
Milking Action이라 한다. 이 운동을 보조해 주는 것
이 족욕(足浴)이다.

*저온화상/저온동상: 화상이나 동상이 걸리지 않을 온
도일지라도 추운데 또는 뜨거운 열기에 오래 노출되어

있으면 화상 또는 동상에 걸릴 수 있으니 조심 요함.

7. 초기통증은 열을 수반하고 이를 감지한 대뇌에서 지원병을 보낸다. 그래서 초기 통증은 얼마간 참아야 한다. 발병이 되면 열 발생-> 통증유발-> 구원병(백혈구)파병의 순서로 진행되며 아주 심한 통증은 찬물로 식혀서 통증을 경감시킨다(예: 치통).

(4) 발병 시 대처

   *. 몸을 따뜻하게 한다(체온이 높아야 면역력이 증가).

   *. 소화가 용이한 유동식을 먹는다(체내에서 에너지소모가 많은 곳 중에 하나가 소화기의 운동이다. 그래서 이곳의 운동량을 최소화한다 - 에너지소모 극소화). 대표적 음식이 닭고기 스프이다.

   *. 눕거나 편히 휴식을 취한다.

   *. 약간 고열량의 식품을 섭취한다(초콜릿 등).

   참고) 감기 걸렸을 시: 기본사항+아래

      -가습을 하여 습도를 높인다(60% 이상).

      -물의 섭취를 늘이고 땀을 내게 한다.

      -마스크를 착용하여 코의 습도를 유지한다.

신체는 생각하고 행동하지 않는다. 단지 특정 역치 값을 감지하고 신체 메커니즘대로 반응 행동한다.

병의 예방과 치료에 있어서 가장 좋은 방법은 꾸준히 반복하여 적당히 **운동**하는 것이다.

3. 마음의 소리

- .세상에 공짜는 없다.

  *.인과응보에는 상계(相計)가 없다.

  *.상대방이 나를 한 대 쳐서 나도 상대방을 한 대 쳤다.
  평등하게 보이나 결국 둘 다 한 대 맞았다.

- .좀 더 좋은 것은 예전의 좋은 것에 대한 행복을 빼앗
  아 간다.

  *.흑백TV가 처음 나올 때 무척 신기하고 좋았으나 컬러TV가
  나오니 흑백TV는 보기 싫어졌다. 무엇이 바뀌었을까?

  *.더 큰 탐욕은 이전의 탐욕을 정당화시킨다.

  *.행복을 찾지 마라. 지금 이순간이 바로 행복이다. 행복을
  찾는다는 것은 더 좋은 것을 찾는다는 것이고 그럼 영원
  히 행복을 찾을 수 없다.

- .결과가 가장 중요하다. 결과가 나쁘면 과정에서 문제
  가 있는 것이다.

  *.그렇다고 과정이 불법이어도 된다는 것은 아니다. 다만
  과정 중에는 항상 결과를 추정하여 과정에서의 오류를 범
  하지 말라는 것이다.

＊.선행이란 선순환을 일으켜 결국 점점 좋아지는 것이고,
악행이란 악순환을 일으켜 결국 점점 나빠지는 것이다.

-.칼날을 잡고 휘두르지 마라 자신의 손만 다칠 뿐이다.
칼자루를 잡은 후에 마음껏 휘둘러라.

＊.제어할 능력이 없는 사람이 싸워봐야 자신만 다치게 된
다. 스스로의 실력을 키운 후 대결하라.

＊.부모가 부모로서의 자격을 갖추어야 자식의 잘못을 지적
할 수 있다. 그렇지 못하면 서로간의 감정만 상한다.

＊.내가 간섭하지 말고 스스로 내게 오게 만들어라.

＊.문제에서 정말 중요한 것은 1~2가지이고 나머지는 대부분
사소한 것이다. 중요한 것을 해결하면 사소한 것은 저절
로 해결된다. vital few trivial many

＊.인간관계에서 가장 중요한 것은 신뢰(칼자루)이다. 신뢰
를 얻은 후에 설득해라.

-.엄마가 해주신 맛없는 음식을 맛있다고 하면, 계속 맛
없는 음식만 먹게 된다.

＊.실패해 보지 않은 사람은 자신의 약점을 모른다.

＊.실패를 반복하는 것은 실패를 인정하지 않기 때문이다.

＊.똑똑한 사람은 남의 의견을 잘 받아들이려 하지 않는다.
의견이 다를 경우 자기가 맞다고 생각하기 때문이다. 그
래서 사람은 지식 또는 지위가 높아질수록 상대적으로 자

만심이 커져 더 이상의 진전을 못한다.

*.서로 다른 두 (쌍대)의견이 부딪치면 불꽃이 난다. 그것이 지혜의 불꽃일 수도 있고 다툼의 불꽃일 수도 있다. 양당(兩黨)정치는 인간이 조직할 수 있는 가장 훌륭한 구조이다. 다만 잘못하면 아니한 만 못하다. '가'의견이 'A장점-B단점'이고 '나'의견이 'A단점-B장점'이면 서로의 나쁜 점을 보완하면 'A장점-B장점'이 되고 서로 헐뜯으면 'A단점-B단점'이 된다. 이것이 이중쌍대의 원리이다.

*.자신이 진정 무엇을 모르는 것인가를 아는 방법은 두 가지가 있다. 실패하거나 시험 보는 것이다.

*.<u>공부의 왕도</u>

-많은 문제를 풀어 자신이 기억 못하는 것이 무엇인가를 알아본다.: 책으로만 암기를 하면 평소에 다 아는 것 같으나 정작 시험지를 받아보면 기억나지 않는 것이 많다.

-자신이 좋아하는 것은 기억의 효율이 높다. 그래서 자신이 좋아하지 않는 과목을 자신이 좋아하는 것과 결부해 기억하라: 영어를 싫어하나 노래를 좋아하면 팝송으로 영어를 공부하라. 아이를 도서관에 끌고 갈 순 있어도 공부시킬 수는 없는 법이다.

-.**인간은 최대한 에너지소모가 극소 되게 행동한다.**

 *.<u>심리학</u>

-인간은 정말 변하기 힘든 동물이다.

-인간이 안 바뀌는 것은 익숙한 것이 편안하기도 하지만 사실은 새로운 것이 두렵기 때문이다.

-인간은 동조화(同調化)하기 쉬운 동물이다(그게 쉽다).

  예)미인이 먹던 빵은 맛있어 보인다.

  예)선입견: 처음 인상 또는 기존 지식에 동조화

  맹상(盲象 장님 코끼리 더듬기): 코끼리 다리를 만진 사람(의 그룹)은 귀를 만진 사람(의 그룹)을 절대 이해하지 못한다(양당 정치의 폐단).

-모든 인간은 각자 고유의 통역기가 있다. 원활한 인간관계는 같은 통역기의 언어를 사용하는 것이다.

  예)부모가 밖에서 안 좋은 일을 당하고 집에서 자식에게 숙제했냐고 물어보면 애들은 화풀이한다고 통역한다.

-나의 농담이 상대방에게는 진담이 될 수 있고 상대방의 농담이 나에게는 진담이 될 수 있다.

-훌륭한 카운슬러는 일단 남의 말을 잘 듣기만 한다(상대방과의 동조화). 그래야 자신에 대한 믿음이 생겨나고 그 후 속마음을 털어놓을 수 있게 된다.

-.사람은 자신의 에너지를 많이 소모시키는 상대방을 별로 좋아하지 않는다.

*.오해는 쉽고, 이해는 어렵다. 오해하는 데는 에너지가 별로 들어가지 않기 때문이다.

-그러니 오해의 소지가 있을 경우 적극적 해명과 능동적 행위가 꼭 필요하다. 약간의 순간적 모면과 편안함이 나중에 더 큰 불편과 재앙을 가져온다.

-따라서 항상 진실을 외면하지 마라.

-.기억 못한다고 과거의 악행이 소멸되는 것은 아니다.

*.어떤 도둑이 남의 집에 몰래 들어가 물건을 훔치려다 주인에게 발각되어 서로 싸우다가 주인이 맞아 죽었다. 그런데 도둑 역시 주인이 휘두른 몽둥이에 머리를 맞아 기억상실증에 걸렸다. 때문에 잡혀간 도둑은 도적질과 살인을 전혀 기억하지 못하므로 계속 무죄를 주장하는 것이다. 왜냐하면 본인은 죄를 지은 기억이 전혀 없으니까. 이것은 속임수가 아니고 실제로 머리에 이상이 왔기 때문이다. 그럼 이 사람은 무죄인가? 유죄인가?

*.많은 사람들이 유죄라고 한다. 그러나 이것은 전후의 사정을 모두 알기 때문이다(신神의 입장). 그냥 어떤 사람이 경찰에 잡혀왔는데 그는 자신의 기억이 없는 범죄를 인정하지 않는다는 사실만 보았을 경우에는 우리는 그 사람의 무죄를 인정할 수도 있게 된다.

-.인간은 수정체를 통해 망막에 맺힌 시각정보를 신경계를 통해 뇌로 전달되어 인식한다. 그런데 망막에는 맹점이라는 시각수용이 안 되는 부분이 있다. 즉 우리가 본 시각

의 일부가 안 보이는 지역이 있다. 그러나 우리가 보이는 전체를 올바로 인식할 수 있는 것은 망막의 시신경에서 정보를 재구성해 뇌로 보내기 때문이다.

그래서 인간은 실제 앞의 광경보다는 의식에서 재구성된 것을 인지한다. 즉 **아는 만큼만** 보이는 것이다. 인간은 그래서 뇌의 기억 속에 자신에게 유리한 것은 기억을 확고히 하고 불리한 것은 잊어버리려고 한다. 교도소의 어느 죄수도 다 억울해한다. 그것은 의도적이기보다 자신의 뇌가 그렇게 인식시키기 때문이다.

-.자신에게 익숙한 향기는 본인이 잘 못 맡는다. 여자들은 화장품에 익숙해 있어 지우는 솔벤트 냄새를 잘 느끼지 못하고 남자들이 오히려 민감하다. 대목수의 아내는 남편이 집에 오면 좋은 냄새(소나무의 솔향기)를 맡게 되어 좋다고 한다. 그런데 정작 대목수는 그 냄새가 너무 익숙해서 그 향을 느끼지 못한다. 인간의 행위도 마찬가지이다. 거짓말에 익숙해진 사람은 스스로 하는 거짓말을 느끼지 못하고 악행을 하는 사람도 자신의 악행을 잘 못 느낀다. 그래서 항상 자신이 스스로 어떤 냄새에 물들어 있나 나의 기억을 주기적으로 되새겨 보아야 할 것이다. 이것의 자신의 잃어버린 악행을 찾고 반성하는 방법이다.

-.기억하지 못하는 죄의 행위에 대하여 왜 자연은 인과응보로 벌을 주고 인간은 법으로 대가를 치르게 하는가? 그것

은 인간이란 변하기가 정말 어렵기 때문이다. 그래서 죄를 지은사람이 자신은 기억을 못해도 본인의 심성(心性)상 또 다시 죄를 지을 수 있기 때문이다. 그러니 내가 기억 못하는 과거의 죄에 대해 억울해하지 말고 자신의 내부에 그러한 나쁜 심상이 있음을 자각하고 스스로 반성하고 개선하기를 열심히 노력해야 한다.

-.시험문제를 본 후 틀린 것을 가려내 부족한 것이 무엇인지 알듯이, 현재 과보를 통해 결점을 찾아 개선한다.

-.**미래는 아무도 모른다. 다만 노력하는 자만이 꿈을 이룰 수 있다.**

*.그러니 **아는 것에 그치지 마라. 끝없는 훈련**(discipline)과 **연습**만이 완벽에 다가설 수 있다.

*.항상 **진실**을 직시하라. 순간의 편함을 위한 진실의 회피가 나중에 심각한 불편함을 초래한다.

*.재오삼수(再悟三修), 깨우침과 수련을 번갈아 끊임없이 반복하라.

후기(後記)

　모처럼 화창한 봄날 오후 공원을 산책하다가 꽃밭을 지나게 되었다. 꽃은 화사하게 피어있고 나비와 벌들은 쌍쌍이 꽃 위를 날아다닌다. 새삼 자연의 아름다움을 느끼게 한다. 그런데 꽃과 벌들의 입장에서는 그렇게 로맨틱한 행동이 아닌 것이다. 꽃은 종족유지를 위한 번식을, 벌은 생존을 위한 양식채취를 하는 것이다.

　이렇게 자연이란 홀로 존재하는 것이 아니다. 공생(共生)을 하여야 자연의 수레바퀴가 맞물려 돌아가게 되어 있는 것이다. 이것이 바로 이중쌍대의 원리인 것이다. 단순한 상대의 원리로는 공생을 낳지 못한다.

　사람에 있어서도 마찬가지이다. 사람의 신체내부에는 수많은 미생물이 살고 있고 이들은 인간의 피부, 점막, 세포내에 분포하여 공생을 하고 있다. 그 대표적인 것이 대장균이다. 인간의 장(腸)에는 유해한 균과 유익한 균이 각축전을 벌이고 있다. 또한 세포에 있는 중요한 기관인 미토콘드리아도 역시 인간과 공생하는 미생물의 변종인 것이다.

이렇듯 공생(共生)이란 중요한 것이다. 이것은 인간이 사는 사회도 마찬가지이다. 이 세상에 홀로 완전한 것은 없다. 서로 부족한 것을 메워 주는 것이 자연의 도리이다. 그렇지만 악의의 공생은 절대 금물이다.

나이가 50대인 시절 어느 날 책을 읽다 이른바 정신적 충격을 받았다. 사람이 살아가면서 정신적 충격(Shock)을 몇 번이나 경험해 보았을까? 이러한 경험은 나이가 중요하지 않다. 그때 받은 충격이 나의 생각의 범주를 한 단계 끌어올리는 계기를 가져다주었다.

나에게 충격을 준 내용은 아래와 같다.

사람들이 카지노에서 게임을 할 때 돈을 잃는 이유는 예를 들어 홀짝에 돈을 거는 게임인 경우(물론 카지노에서는 확률적으로 자신에게 약간 유리하게 세팅을 하지만) 만약 처음에 사람들이 홀을 택했는데 짝이 나와 돈을 잃는 경우 다음에도 계속 홀에 건다는 것이다. 그것은 우리가 상식적으로 홀짝게임에서는 홀과 짝이 나오는 확률이 반반이고 그래서 짝이 나오면 곧 홀이 나올 것이라고 예측한다는 것이다.

그런데 실제로는 그렇지 않다는 것이다. 적은 시행에서는 한쪽으로 몰아서 나오는 것이 정상이라는 것이다. 나는 깜짝 놀랐다. 아니 평등이 자연의 이법이고 그러면 상반된 두 개의 시행은 같은 확률을 가지는 것이 아닌가??

여기서 시간이라는 또는 많은 시행이라는 자연의 새로운 이법을 알게 되었고 이를 기초로 자연현상을 논리적으로 전개하였다.

처음에는 자연의 기본원리를 **평등**이라 하였고 효율과 질서를 위한 평등원리가 **이중쌍대원리**에 의한 것이라는 것을 알았고 이것이 역사, 경제, 자연과학과 의학 더 나아가서는 사회집단에서도 적용된다는 것을 알았다.

이러한 여러 원리들은 원인과 결과를 나타내는 이중쌍대원리로서 처음 명제인 '착한 일을 하면 (결국엔) 복을 받는다.'를 증명한 것이 된다.

세상의 이법에는 한 치의 어긋남도 없는 법이다. 다 원인에 의해 결과가 생기게 되는 것이다. 그러니 착하게 살아야 하는 것이다.